Begeistert sind Robbie und Tilly nicht von der Idee, aufs Land zu ziehen. Da wissen sie aber noch nicht, was sie im Engadin erwartet. Ein riesiges 400 Jahre altes Bauernhaus haben die Eltern gekauft, allerdings nicht im allerbesten Zustand. Überall Müll und Dreck und alte Möbel … Die Eltern machen sich stöhnend an die Arbeit. Doch für die Geschwister ist das Haus die reinste Fundgrube, und Hobbydetektiv Robbie nimmt gleich die Ermittlungen auf: Warum hat jemand dieses Ungetüm von einem Safe aufgebohrt? Was hat es mit den Kinderzeichnungen auf sich und den Handtüchern mit dem Monogramm C. A.? Was mit den vielen leeren Kaffeesäcken auf dem Dachboden? Rätselhaft! Noch seltsamer aber finden Tilly und Robbie etwas anderes: Immer wenn sie erzählen, wo sie jetzt wohnen, reagieren die Leute abweisend, als läge ein Fluch auf dem Engadinerhaus. Und das glauben Tilly und Robert bald selbst, denn die Stimmung zwischen ihren Eltern wird von Tag zu Tag schlechter. Dann erwischen die Geschwister zwei andere Kinder in der großen Scheune im Garten, und da geht die Geschichte erst richtig los …

TIM KROHN, 1965 in Nordrhein-Westfalen geboren, wuchs ab seinem zweiten Lebensjahr in der Schweiz im Glarnerland auf und wohnte danach gut zwanzig Jahre lang in Zürich. Inzwischen lebt er mit Frau und Kindern in der Val Müstair, einem Nebental des Engadins, das er daher bestens kennt. Neben seiner Engadin-Krimireihe um Massimo Capaul (unter dem Pseudonym Gian Maria Calonder veröffentlicht) sind zuletzt im Kampa Verlag der Roman *Die heilige Henni der Hinterhöfe* und die Alpensage *Der See der Seelen* erschienen.

Tim Krohn

WIR ENTERN EIN ENGADINERHAUS

Roman

atlantis

www.atlantisverlag.ch
Covergestaltung: Lara Flues, Kampa Verlag
Covermotiv: © Fiete Koch
Satz: Herr K | Jan Kermes, Leipzig
Gesetzt aus der Stempel Garamond LT / 210125
Druck und Bindung: GGP Media GmbH, Pößneck
Auch als E-Book erhältlich
ISBN 978 3 7152 3000 9

Für Micha,
die mich nahm, wie ich war.
Für Elisa, Milo, Zilla, Carlotta und Liv,
ohne die wir nicht wären,
wer wir sind.

I

Hoppla, wir kommen!

Liebe Frau Fröhlicher!

Plötzlich ist alles ganz schnell gegangen, und Robbie und ich konnten uns gar nicht mehr von unseren Klassen verabschieden, das tut uns sehr leid. Eigentlich wollten wir ja erst am Mittwoch umziehen. Dass ich jetzt schon in unserem neuen Daheim im Engadin auf einer alten wackeligen Getränkekiste an einem noch viel älteren wackeligen Tisch sitze – Papa sagt, auf dem Tisch wurde früher Käse gemacht – und Ihnen schreibe, das kam so:

Vorgestern, am Samstagmittag also, sind Mama und Papa ganz glücklich aus der Schule zurückgekommen, wo sie das Elterngespräch mit Ihnen gehabt hatten. Beide waren begeistert. Mama hat geschwärmt, wie nett Sie doch sind und wie verständnisvoll, und Papa, wie nett und hübsch und sympathisch … Er hat überhaupt erst aufgehört zu schwärmen, als Mama gesagt hat: »Es reicht jetzt, Claus. Lade sie doch zu einem deiner Workshops ein, wenn du sie so supersexy findest.«

Jedenfalls war ich noch mal sehr stolz, dass Sie meine Klassenlehrerin sind und Robbies und meine Co-Rektorin. Ich werde Sie furchtbar vermissen.

Mama und Papa haben Ihnen ja bestimmt erzählt, dass wir das Haus im Engadin gekauft haben, damit Papa dort seine Workshops abhalten kann und Mama endlich ihr Buch schreiben. Papa hat ja diesen Bestseller verbrochen, *Intimität in der Familie*, steht an jedem Kiosk, und Mama ist ein bisschen sauer, weil das immerhin schon das fünfte Buch ist, das er schreiben durfte (die anderen vier waren alles üble Ladenhüter), während die arme Mama seit … Moment, lassen Sie mich rechnen … seit, krass, vierzehn Jahren darauf wartet, dass sie endlich ihren Erstling schreiben kann.

Aber jetzt hör ich Sie rufen: »Das Thema, Tilly, bleib beim Thema!«

Das Thema nämlich ist, äh, genau, der Umzug:

Am Samstagmittag sind Mama und Papa also nach Hause gekommen und haben zur Feier des Tages Chicken Nuggets mitgebracht. Kriegen wir sonst nie, von wegen Vollwert und so. Dazu hat Mama gesagt: »Genießt sie, Kinder, so was kriegt ihr so schnell nicht wieder. Obwohl Robbie ihnen gleich im Computer bewiesen hat, dass man die online bestellen kann, und online sind wir auch hier in Samartin (im Moment über Papas Hotspot), sonst könnte ich Ihnen gar nicht schreiben.«

»Das Thema, Tilly!«

Verzeihung.

Mama hat uns also erzählt, dass Sie so nett sind, uns die letzten zwei Wochen vor den großen Ferien zu erlassen, und uns am Ende trotzdem das Zeugnis geben, damit wir die erste Klasse Gymnasium ordentlich abschließen können. Danach müssen wir übrigens für zwei Jahre gar nicht in die Schule, sondern Mama gibt uns zu Hause Unterricht. In Graubünden darf sie das, weil sie früher Lehrerin war. Aus dem Grund kam Papa ursprünglich überhaupt aufs Engadin, als es darum ging, ob wir aufs Land ziehen und wohin, um endlich, wie Papa gesagt hat, »diese verdammte Intimität zu leben, die an mir klebt wie ein Fluch«.

Aber das ist eine andere Geschichte.

Mama und Papa sind also am Samstagmittag mit den Chicken Nuggets … Genau, sie sind aus der Schule gekommen und haben von Ihnen geschwärmt und erzählt, dass Sie uns ziehen lassen unter der Bedingung, dass Robbie und ich Ihnen bis zu den Ferien jeden Tag schreiben, was wir so treiben.

»Jeden Tag?«, hat Robbie entsetzt gerufen. »Aber abwechselnd, oder?«

Darauf Papa: »Na ja, wahrscheinlich hat sie wirklich abwechselnd gemeint. Ihr seid ja wie die Kletten, und dann müsste sie immer zweimal das Gleiche lesen.«

»Und am Wochenende?«, hat Robbie gebohrt. »Wenn wir am Wochenende auch müssen, gehe ich vors Arbeitsgericht.«

Im Kanton Graubünden gibt es allerdings gar kein Arbeitsgericht, hab ich gleich gegoogelt, und deshalb machen wir es jetzt so: Ich schreibe Ihnen Montag, Mittwoch und Freitag, Robbie Dienstag,

Donnerstag und Samstag. Sonntag ist frei. Gebongt?

Die Reihenfolge hat übrigens Robbie bestimmt: »Ein Gentleman lässt der Dame den Vortritt.«

Ich: »Und wenn die Dame den Vortritt nicht will?«

Er: »Ist sie keine Dame, sondern eine blöde Kuh.«

Und natürlich will ich eine Dame sein.

»Blöde Kuh« ist übrigens neu, sonst nennt er mich »Käsespargel« und ich ihn »bleiche Bohnenstange«, darunter kann man sich wenigstens was vorstellen. Kühe sind übrigens in Samartin Mangelware, obwohl »Kuhkaff« das Erste ist, was einem beim Anblick der paar Häuser einfällt. Papa vermutet, den Sommer über sind die auf der Alp.

Aber wo war ich?

Am Samstagabend haben dann ganz erschreckt die Mangischs angerufen, das sind unsere Nachmieter in der Stadt. Spaßiger Name, oder? Sie sind aus dem Wallis. Es tue ihnen schrecklich leid, aber die Umzugsfirma hat was falsch verstanden und bringt die Möbel schon am Montag zu uns nach

Hause. Dabei wäre dann bei uns noch alles voller Kisten gestanden, weil wir ja eben erst am Mittwoch umziehen wollten.

Papa hat es aber hingekriegt, dass die Umzugsleute der Mangischs gleich beide Umzüge machen. Was sogar doppelt clever ist, weil sie dann nie mit leeren Händen laufen müssen, sondern eine Mangischkiste hochbringen, eine Lobingerkiste runter und so weiter. Und weil es uns nur die Hälfte kostet, die andere Hälfte hat er den Mangischs aufgebrummt. Denn machen Sie sich nichts vor, so ein Familienbuch-Bestseller bringt nicht die ganz große Kohle. Vor allem, wenn das meiste schon in einer uralten Hausruine steckt.

»Das Thema, Tilly, das Thema!«

Ja, und so sind wir schon gestern, also am Sonntag, gefahren, bei dem Umzugsgedränge hätten wir sowieso keinen Platz mehr in der Wohnung. Außerdem hat Mama gemeint, wenn Papa mitorganisiert, landen womöglich die Kisten der Mangischs im Engadin, und unsere bleiben, wo sie sind. Was nicht ganz fair ist, weil sie dafür das Kunststück fertiggebracht hat, die Post von der neuen

Adresse an die alte umzuleiten statt andersrum. Sie sagt, das kam, weil sie den Umleitungsauftrag ausgefüllt hat, während das Baby an ihrer Brust hing, und dann die Stilldemenz doppelt und dreifach zuschlägt. Sie musste es aber dann machen, weil es auf den letzten Drücker war, und auf den letzten Drücker war es, weil Papa es eigentlich machen wollte, sich dann aber nur darum gekümmert hat, dass sein eigener Kram mitkommt, seine Bücher und Ordner und Patientenakten und die völlig verstaubten, weil nie benutzten Fitnessgeräte und Heimwerkerutensilien und Bilder. Und sie, wann immer sie zwei Hände frei hatte, den ganzen Rest packen musste, ihre Kleider und die von drei Kindern und alles Geschirr und die Bettwäsche und und und.

Nun, sie haben es geschafft, und ich mit dem Erzählbogen auch. Bravo, Tilly!

Inzwischen ist also Montag, wir sitzen in dem ungeheizten, völlig verdreckten Kasten, der mal wem ein Zuhause war, und warten auf unsere Sachen. Dabei müsste man hier erst mal tüchtig großreinemachen. Und ausmisten. Und reparieren. Und böse Geister ausräuchern.

Das sagen die Leute hier, das ist nicht von mir. Es war ein kleiner Schock. Denn die Reise selber war für Lobinger'sche Verhältnisse die meiste Zeit richtig idyllisch. Wir sind mit Zug und Bus gefahren … Na schön, werden Sie sagen, in aller Öffentlichkeit kann man sich auch nicht nach Herzenslust zoffen. Wenn Sie wüssten, was wir Lobingers alles fertigbringen. Aber diesmal haben wir es vor allem genossen, dass wir fünf gemeinsam einem ganz neuen Leben entgegenschippern. Das war irgendwie erhebend. Mama und Papa haben gekuschelt und aus dem Fenster gesehen, ich habe mit Maja gespielt, Robbie war am Handy, alles ganz friedlich. Danach haben wir zu viert Uno gespielt wie früher, als Robbie und ich noch klein und unschuldig waren.

Machen wir uns nichts vor, ab heute werden wir wohl jeden Abend spielen. Einen Fernseher haben wir nie gehabt, und was Streaming angeht, sage ich nur: Papas Handy-Hotspot. Nur damit Sie eine Ahnung davon haben, wie sehr Pampa unser neues Zuhause ist.

Richtig, das mit den Geistern: Als wir in Scuol

auf den Bus gewartet haben, ist nämlich die Stimmung Knall auf Fall gekippt, weil ein Mann in Grenzwächtermontur gemeinsam mit uns gewartet hat – Sie müssen wissen, in Samartin ist eine Zollstation. Und erst hat der Uniformierte nur immer rübergegafft, und Robbie und ich haben gerätselt, ist es wegen der siebenundzwanzig Gepäckstücke oder weil Papa nun mal kein Unbekannter mehr ist, oder ist er ihm oder Mama und Papa schon mal begegnet. Papa war wegen dem Haus nämlich wohl ein halbes Dutzend Mal in Samartin, Mama mit Maja einmal und dann noch zur Vertragsunterzeichnung in Scuol. Nur Robbie und ich waren nie da, wir wollten uns überraschen lassen.

Jedenfalls kommt der Typ schließlich näher und sagt zu Papa: »Konnten Sie es also nicht lassen?«

Mama starrt von einem zum anderen, dann fragt sie verwundert: »Was bitte konntest du nicht lassen?«

Papa überhört sie und sagt betont vergnügt zum Zöllner: »Ja, ja, nun sind wir hier, mit Sack und Pack und Katz und Maus.«

Der andere sieht Papa noch kurz mit schräg gelegtem Kopf an, als würde er überlegen, was sich da noch zu sagen lohnt, dann nickt er aber nur, dieses ultraknappe militärische Grußnicken, geht wieder auf Abstand und zündet sich eine Zigarette an.

Mama fragt theatralisch: »Was! war! das?«

Papa zuckt mit den Achseln. »Es gehen halt so Gerüchte.«

»Über uns?«

»Unsinn, übers Haus.«

»Das Haus, für das wir gerade ein kleines Vermögen hingeblättert haben?«

Er nickt gleichgültig.

»Was für Gerüchte? Wieso weiß ich davon nichts?«

»Ach, Isabelle, du weißt doch, was die Leute auf dem Land so reden.«

»Hat er« – Mama zeigt mit spitzem Finger auf den Zöllner – »mit dir geredet?«

»Ja, kann sein. Ich war mal an der Zollstation einen Kaffee trinken.«

»Ja, und was?«

»Was ›und was‹?«

»Spiel nicht den Idioten. Was habt ihr geredet?«

»Frag ihn doch selbst.«

Das tut sie auch gleich. Sie legt diesen resoluten Lehrerinnen-Achtung-hier-kommt-eine-Autorität-Gang ein, den Sie, Frau Fröhlicher, auch beherrschen, wenn Heiri Barth während der Prüfung heimlich whatsappt, pflanzt sich vor dem Staatsdiener auf und befiehlt – ja, befiehlt!: »Ich will wissen, was Sie zu meinem Mann gesagt haben.«

»Gar nichts.« Seelenruhig tritt er die Zigarette aus, hebt die Kippe auf und trägt sie zum nächsten Kübel, dann kommt er zurück. »Ich habe ihn nur gefragt, ob ihm schon jemand gesagt hat, dass das Haus Unglück bringt.«

Er ist ein hübscher Junge mit schwarzem Kraushaar, dunklen Augen und ellenlangen Wimpern, kaum älter als zwanzig. Während ich ihn anschaue, frage ich mich, ob Zöllner das ist, was man hier wird, wenn man was wird. Natürlich denke ich dabei an Robbie und mich.

Mama sieht aber nicht den Kerl, sie sieht nur drohendes Unheil. »Was meinen Sie mit Unglück?«

»Keine Ahnung«, sagt er freundlich. Das üben sie wohl auf der Zöllnerschule – freundlich bleiben, wenn jemand vor dir gerade die Fassung verliert. »Ich denke nur, wenn ein Haus so lange leer steht und keiner es kaufen will, gibt es dafür Gründe.«

Mama nickt, wozu auch immer, und hakt nach: »Sie kennen sie aber nicht? Ich meine, die Gründe?«

»Man redet so dies und das. Aber wissen Sie, ich bin nicht aus Samartin.«

Was er damit sagen will, bleibt offen, denn in dem Moment kommt der Bus. Der Zöllner wartet, bis wir alles Gepäck verstaut und uns platziert haben – schön auf der hinteren Radachse, wie uns teilnehmende Freunde geraten haben, als sie gehört haben, dass wir ins Gebirge ziehen: »Dort hält man am längsten durch, ohne sich zu übergeben« –, dann sucht er sich den Platz mit maximalem Abstand zu uns. Neben dem Fahrer. Mit dem er danach die ganze Fahrt plaudert, auf Romanisch natürlich. Obwohl auf dem Schild steht: »Bitte nicht mit dem Fahrer sprechen.« Bestimmt nur über uns.

Mama zischt Papa zu: »Claus, was weißt du?«

Er reibt sich müde das Gesicht. »Isabelle, nicht mehr als du! Der alte Albert hat dort bis zu seinem Tod mit einer Pflegerin gewohnt. Er war ein ehrwürdiger Mann: Friedensrichter, Gemeindepräsident. Sein einziger Sohn hat das Haus geerbt, aber der ist in Chur zu Hause und hatte keinen Bedarf. Deshalb hat er es uns verkauft.«

»Aber sein Vater ist schon Jahrzehnte tot. Warum ist er es nicht vorher losgeworden? Das hätte uns stutzig machen müssen.«

»Vielleicht wollte er gar nicht. Er hatte es vermietet, jedenfalls immer mal wieder. Das eine ist so gut wie das andere. Und ich glaube an Karma.«

Mama muss gegen ihren Willen lachen. »Du, an Karma?«

»Ja, in diesem Fall schon. Das Haus hat auf uns gewartet. Du wirst schon sehen.«

Wenn er gehofft hat, dass Mama so bessere Laune kriegt, hat er sich geschnitten.

Finster murmelt sie: »Fragt sich nur, warum es auf uns wartet.« Dann lehnt sie sich zurück und schließt die Augen.

In Samartin hatte sie sich wieder eingekriegt.

Nachdem wir aus dem Bus geklettert waren, hat sie unser »kleines Gepäck« gezählt, sechsundzwanzig, siebenundzwanzig, alles noch da, dann sind wir im Gänsemarsch los Richtung Lobingers Palace. Im Gänsemarsch deshalb, weil da kein Gehweg ist und auch keine gemütliche Dorfstraße, sondern eine Kantonsstraße mit Dauerverkehr.

Trotzdem hat ein vielleicht Sechzehnjähriger mit Faserpelzjacke und Rasenmäherfrisur seinen gigantischen Traktor mitten auf der Fahrbahn angehalten, nur um uns anzustarren. Die anderen Autofahrer haben geduldig gewartet, so als wäre es völlig logisch, dass er uns anglotzt.

»Was gibt es da zu sehen?«, habe ich zum Führerstand hochgerufen, aber der Typ hat nur stumm aufs Gas gedrückt und ist davongetuckert.

Dafür ziept dann mich eine alte Frau im sauber gebügelten Putzkleid am Ärmel, die so plötzlich im Hauseingang erschienen ist, als hätte sie schon hinter der Tür gelauert. »Es ist eben selten, dass jemand herzieht«, erklärt sie. »Wer kann, zieht weg.« Sie redet ganz langsam, so als hätte sie viel zu selten Gelegenheit und müsste sich erst wieder dran gewöhnen.

»Das hat nichts mit dem Haus zu tun?«, frage ich.

»Nicht nur«, sagt sie ausweichend. »Solche Häuser gibt es hier viele.«

Mama hat direkt neben uns gestanden und zugehört. »Was heißt ›solche Häuser‹?«, fragt sie ziemlich zickig.

Die Alte tut, als hätte sie nicht gehört, und geht langsam und unbeirrbar wie eine Schildkröte zurück in ihr Haus …

Oha, und jetzt höre ich einen Laster, das werden unsere Möbel sein. Gleich muss ich mich um den oberen Platz im Hochbett kloppen.

Liebe Frau Fröhlicher, bis übermorgen, ich vermisse Sie schon schrecklich!

Ihre Mathilda Lobinger, 1A

2

Einbrecher

Hallo, Frau Fröhlicher.

Tilly hat sich ja gestern mächtig ins Zeug gelegt. Jetzt ist also die Reihe an mir, dabei hab ich eigentlich gar keine Zeit.

Wie Tilly schon geschrieben hat: Das Haus ist in einem verheerenden Zustand. Vielleicht nicht das Haus selber, vielleicht ist das Chaos oberflächlich. Das wissen wir erst, wenn das Gröbste weggeräumt ist. Papa hat gleich zwei Mulden bestellt. Wissen Sie, was Mulden sind? Diese riesigen Stahlwannen, in die man Sachen entsorgt. Eine für alles Brennbare – Rosshaarmatratzen, aus dem Leim gegangene Möbel, Teppiche und so –, eine für alles andere: Bauschutt, kaputtes Geschirr, Nachttöpfe, alte Strom-Isolatoren. Das Metall stapeln wir auf dem Vorplatz. Der Lastwagenchauffeur, der die Mulden auflädt und zur Deponie fährt, wird es dann zwischen Ladefläche und Führerkabine packen.

Was hier im Haus alles so rumliegt, erschließt sich uns erst nach und nach. Mama meint auch, es sei schlimmer geworden, seit sie das letzte Mal da war, vielleicht haben uns Leute aus dem Dorf ihren Krempel zusätzlich aufgehalst. Papa glaubt dagegen, dass es jetzt nur mehr ins Auge fällt, weil alles auch nur halbwegs Brauchbare inzwischen gemopst worden ist. Da waren noch schöne Truhen und Bilder und Schränke und Tische, richtig alter Kram, gotisch und so. Glaub ich. Ich war ja in einem früheren Leben Kirchenspezialist. Aber in einem sehr früheren.

Vielleicht beschreibe ich Ihnen doch erst mal unser Anwesen. Sie steigen also beim Zollamt aus dem Bus, gehen über die Brücke und landen auf der anderen Seite vom Fluss. Dort ist alles grün, und ein Sträßchen führt so in Schlenkern Richtung Wald. Nach gezählten dreiundneunzig Schritten geht links ein noch kleineres Sträßchen ab und führt auf einen Matschplatz, da lag früher wohl mal Kies. Und dahinter steht das Haus. Meterdicke Wände, alles etwas schief. Kleine Fenster mit Leibungen, die sich nach innen verjüngen. Da staunen Sie, was? Ich war in einem früheren Leben Architekt. Nein, aber wir haben ein Buch über die Art Häuser, das habe ich mir gestern Abend gleich unter den Nagel gerissen. Geschnitzte Tür, falsch, ein richtiges Tor, das knarrt und holpert, wenn man es aufmacht, und nur so weit schließt, dass man noch den Finger durch den Ritz stecken kann. Wie bei Hänsel und Gretel.

Hinterm Tor ist ein riesiger Flur, der durchs ganze Haus führt, dahinter ist wieder ein Tor, und wieder dahinter eine noch viel riesigere Scheune. Weil das Ganze mal ein Bauernhaus war. Nicht von gewöhnlichen Bauern natürlich. In dem Buch steht, dass auch die noblen Leute früher Tiere gehalten haben, der Pfarrer, der Lehrer, der Polizist.

Wer genau diesen Kasten hier ursprünglich gebaut hat, weiß keiner mehr, aber zuletzt so richtig als Hausherr darin gelebt hat ein Bonze. Also, kein Megabonze wie Trump und Rockefeller, der Dorfbonze eben. Der den armen Leuten Geld geborgt hat, und wenn sie ihre Schulden nicht bezahlen konnten, hat er sich ihr Häuslein gekrallt und es mit Gewinn weiterverkauft. Woher ich das weiß? Lässt sich alles aus dem Krempel lesen, der hier rumliegt. Ich war ja in einem früheren Leben Detektiv. Und zugegeben, Papa hatte sich schon auch umgehört.

Wenn man jetzt zum Beispiel nach der Haustür scharf links geht, liegt da ein Büro. In dem steht noch der Safe, keiner mit Zahlentastatur, sondern so ein antikes Ungetüm mit Drehrad und Mahagoniverkleidung. Jemand hat ihn aufgebohrt, deshalb liegt im Büro überall Sand. Solche Safes sind doppelwandig, müssen Sie wissen, dazwischen ist Sand, damit das Gold nicht verdampft, wenn es brennt. Das war das Büro vom alten Albert, Pankraz mit Vornamen. Wenn man die Schubladen von seinem Schreibtisch aufmacht, wimmelt es dort von Schreibpapier mit x verschiedenen Briefköpfen. Der Mann war alles: Gemeindepräsident, Vorsitzender des Jagdvereins, Fremdenpolizist, Standesbeamter … Und dann sind da diese Stempel: erste Mahnung, zweite Mahnung, Vollzug. Da weiß man doch schon Bescheid.

Angesehen war er wohl auch auf nationaler Ebene, an der Wand hängen neben zwei Kalendern von 1980 und alten Landkarten verschiedene Urkunden und Auszeichnungen, dazu eine Dankesbezeugung der Regierung für seinen Dienst am Vaterland. Genau, Offizier im Aktivdienst war er auch noch.

Das ist aber das einzige Zimmer, das ziemlich klar Aufschluss gibt über den früheren Herrn des Hauses, in den anderen Räumen ist alles überlagert von Müll. Seit seinem Tod haben hier die unterschiedlichsten Leute gehaust. Ja, *gehaust* trifft es am besten. Einer hatte Kampfhunde und hat zwei Zimmer zu einem Zwinger umgebaut. Eine Familie hat mit Spannteppichen, Dachpappe, altem Blech und von irgendwelchen Tieren oder Menschen angekauten Perserteppichen vernagelt, was immer sie konnte, um wenigstens ein paar Zimmer für den Winter beheizbar zu machen. Denn Zentralheizung ist natürlich nicht, hier hat jedes Zimmer seinen Ofen, mal Gas, mal Holz, mal Kohle, mal elektrisch. Und ganz offensichtlich hat das nicht gereicht, damit es gemütlich wurde.

Ein Messie (oder mehrere) hat das Haus auch als Lager für seine Schätze gebraucht, da liegen stapelweise Zeitungen: *Der freie Rätier*, *Schweizer Illustrierte*, manches noch in … wie heißt die Schrift, Sütterlin? Aber auch eine Regenschirm- und eine Schirmmützensammlung ist dabei, der Typ hat offensichtlich systematisch Verkaufsmessen abgeklappert. Nicht zu reden von Zimmern voll altem Geschirr, den sonderbarsten Küchengeräten, Rasierapparaten der ersten Stunde und Spitzenhäubchen. Dazwischen überall Mäusedreck und in den Lampengläsern Millionen toter Messingkäfer. Ein paar leben auch noch.

Sie sehen, Frau Fröhlicher, wir müssen erst mal tüchtig durchgreifen. Denn in dem Zustand ist das Haus wirklich gespenstisch. Kalt. Finster.

Teilweise sind die Fenster zugemauert. Oder vergittert. Oder erst vergittert, dann zugemauert. Türen haben dreifache Schlösser und Riegel. Und manche dubiose Kratzspuren. Kennen Sie das fürchterliche Ende von Indiana Joe in *Tom Sawyer*? Hier ist alles denkbar.

Unser erster Abend war entsprechend spaßig.

Die Möbelmänner haben erst mal alles in die Scheune geladen, außer den Betten. Die kamen alle eine Etage höher, dort ist ein schön getäfeltes Zimmer – Arvenholz, sagt Mama –, das wohl mal das Schlafzimmer der Herrschaft war. Und der Staubsauger kam mit. Dann haben wir drei Schichten stinkende Teppiche und einen Schrank entfernt, das Gröbste an Insektenleichen mit einem alten Reisigbesen zusammengefegt, haben gesaugt und Boden, Decke und Wände mit Schmierseife abgewaschen. Danach haben wir alle Betten in diesem einen Zimmer aufgebaut. Dreißig Quadratmeter Gemütlichkeit in Feindesland. Als wir die Fensterläden schließen wollten, ist einer gleich runtergekracht und zerschellt. Gegessen haben wir auf den Bettkanten, Dosenmais und Crackers. Es war ja noch nicht mal spät, aber irgendwie waren wir totally stoned. Außer Maja, die mit tollem Spürsinn toten Käfern nach ist, bis Mama zu Papa gesagt hat: »Jetzt gib ihr schon was mit Proteinen, damit das endlich aufhört.«

»Friss doch selber Proteine, schließlich stillst du sie«, hat Papa geantwortet.

So war die Stimmung.

Aber heute früh war es umso besser. Papa und ich haben am Kiosk beim Zoll Kaffee und Brötchen geholt und danach die Küche in Angriff genommen. Erste gute Nachricht: Der Elektrokochherd aus gefühlt dem vorvorletzten Jahrhundert funktioniert! Die zweite: Der Elektriker aus dem Nachbardorf bringt heute noch einen Kühlschrank. Inzwischen ist auch die Küche ausgeräumt, und Mama und Tilly sind dabei, Kacheln, Schränke, den Ausguss zu putzen – der ist noch so ein abgestoßenes Keramikteil wie in den alten Heidi-Filmen. Papa widmet sich weiter der Grobarbeit, dauernd fliegt aus einem Fenster eine Teppichrolle, ein Ofenrohr oder eine flatternde, plärrende Bahn Wellblech. Eigentlich braucht er mich, denn er hat sich gleich als Erstes heute früh eine Rippe angeknackst. Vermutlich, die Diagnose steht noch aus. Ist in seinem Schussel in die offene Tür vom Küchenbüffet gerannt und wurde danach erst mal grün im Gesicht. Es muss richtig übel wehgetan haben, aber er beißt sich durch, Ponstan sei Dank.

Und ich muss ja Hausaufgaben machen.

Einen Einbruch hatten wir auch schon, von dem muss ich Ihnen unbedingt noch erzählen! Gestern Abend sind Tilly und ich noch auf eine Runde ums Haus. Es war fast neun, aber noch hell, das Licht so diesig orange und weich, dass wir uns eingebildet haben, wir können noch kurz sonnenbaden. Deshalb sind wir auch ohne Jacken raus. Was ein Fehler war, denn das Licht kam von den Bergen, der Talboden war schon im Schatten. Und wo Schatten ist, das wissen wir jetzt, wird es auf tausend Metern über Meer schnell ungemütlich.

Tilly wollte aber unbedingt noch auf den Hang hinterm Stall, da weiden nämlich Ponys, und das war von Beginn weg Tillys Köder gewesen: Wenn wir herziehen, darf sie reiten. Meinen habe ich mir noch offengelassen, entweder Kajakfahren im Wildwasser oder ein eigenes Bastel-, Mal- und Experimentier-Atelier. Ich war ja in einem früheren Leben … Lassen wir das.

Wie wir da bei den Ponys frieren und es allmählich dunkel wird, knackt oder knallt es plötzlich im oder am Heustall. Wir fahren beide herum und sehen gerade noch, wie eine lose Planke sich verschiebt. Das kann eine Wildkatze oder ein Marder sein, die Scheune ist belebtes Gebiet. Allein Schwalbennester haben wir heute früh zwanzig Stück gezählt, Federn von einem Raubvogel haben wir auch gefunden – die Suchmaschine sagt »Turmfalke«.

Wir gehen mit mulmigem Gefühl in Richtung Stall, noch unschlüssig, ob wir daran vorbei und zurück ins Haus sollen oder nachsehen, da hören wir aus dem Inneren einen leisen Ruf, ganz kurz. Aber nicht auf der Höhe des Bretts, sondern von ganz oben. Der Stall, müssen Sie wissen, ist gleich hoch wie das Wohnhaus, also dreistöckig mit geschätzten elf Metern Giebelhöhe.

Tilly und ich sehen uns an und entscheiden: Nachsehen ist Pflicht. Nur wissen wir nicht mal, wie reinkommen. Eine Tür führt unten in den Viehstall, von dort geht eine Leiter hoch, doch da muss es jetzt schon fast finster sein. Wir also ein paar Meter wieder die Wiese hoch und um den Stall, zu der losen Planke. Ich schiebe sie zaghaft auf und linse durch die Lücke, immer darauf gefasst, dass mir etwas auf den Kopf springt oder schlägt. Nichts passiert.

Ich schlüpfe rein, Tilly mir nach. Drinnen herrscht ein Chaos wie im Haus, Heu, Stroh, Müll, Säcke mit Styroporabfällen, alte Bettgestelle, eine Werkbank, stapelweise Autoreifen, Teile eines vw-Käfer-Chassis und dann hunderttausend altmodische Bauerngerätschaften wie Heuwagen, Pflüge, Schleifsteine, Dreschmaschinen, und endlos Kram, von dem wir keinen blassen Schimmer haben, wozu er mal gut war.

Wir blicken hoch, dort flattern immer noch Schwalben ein und aus. Erst denk ich, was wir gehört haben, war doch ein Tier.

Sie müssen sich den Stall als einen hohen offenen Raum vorstellen, zur Hälfte aus großen Steinen gemauert, zur Hälfte holzverkleidet – die Bretter von der Sonne schwarz gebrannt, mit einigen Lücken. Besagter offener Raum hat zwei Zwischenböden ohne Geländer, die aber nur einen kleinen Teil der Fläche ausmachen. Man sieht also von unten bis hoch unters Blechdach mit einem hübschen Gewirr von Dachbalken. Hier drin ist es ein Stück dunkler als draußen, besonders unterm Dach.

Deshalb erahnen wir auch nur zwei Gestalten, Kinder vermutlich, die direkt unterm Giebel in einer Nische zwischen Stützbalken und Schrägbalken kauern. (Bewundern Sie mich nicht zu früh, die Zimmermannsbegriffe habe ich schnell mal gegoogelt). Dunkles Haar, braune Haut, braune Kleider, so verschmelzen sie fast mit dem Hintergrund. Sie rühren sich auch nicht, nur ihre Augen glänzen. Sie beobachten uns. Mir fällt ein Indianerfilm ein, in dem ein Junge sich zuletzt in einen Adler verwandelt, und bei aller Angst fühle ich so was wie Erhabenheit.

Aus der mich Tilly rausreißt. Sie stupst mich an und flüstert: »Du oder ich?«

»Du oder ich was?«, flüstere ich zurück.

Da geht sie aber schon zwei Schritte vor und ruft: »He, ihr, das ist unser Stall. Und überhaupt, wie kommt man da hoch?«

Eine Sekunde lang geschieht gar nichts. Dann klettern wie auf Kommando beide dem Balken nach runter, flink wie Mäuse, springen das letzte

Stück und landen auf dem oberen Heuboden. Dort hängt an einer Art Galgen eine Seilwinde, mit der man wohl früher Heuballen hochgezogen hat. Das Seil ist noch dran.

Die kleinere der beiden Gestalten hängt sich ans Seil, saust runter bis auf unsere Ebene, bückt sich nach was, das auf dem Boden liegt, und stößt gleich darauf eine Art Zischen aus. Woraufhin auch die größere Gestalt ans Seil springt und gemütlich runtergondelt, denn die kleine hat offenbar ein Gegengewicht eingehängt. Nachdem auch die größere, ziemlich sicher ein Junge, den Boden erreicht hat, lässt sie das Seil los, und das Gewicht donnert mit mordsmäßigem Knall auf die Holzplanken. Bis wir uns vom Schreck erholt haben, sind beide an uns vorbeigehuscht und durch die Lücke wieder raus.

Puh.

Tilly und ich halten uns erst mal aneinander fest und warten, bis unser Herzschlag sich beruhigt.

Inzwischen ist es so gut wie Nacht. Wir beschließen, den Heustall zu durchqueren, um durchs Tor auf der anderen Seite direkt ins Haus zu kommen, ich gehe mutig voraus. Verheddere mich aber gleich in einem altmodischen Bettfedergestell, kriege den Fuß fast nicht mehr raus, danach machen wir kehrt und tasten uns zur Lücke hinaus und auf die Wiese.

Auf dem Hinweg hatten wir das Brennnesselnest noch elegant umschifft, im Dunkeln gelingt uns das nicht mehr. »Autsch!«, schreit Tilly, und irgendwo ertönt ein kleines Lachen. Wir rennen um den Stall und ins Haus, dort hat Mama Klebband für uns. Gegen Brennnesseln hilft nämlich nur eines: Klebband drauf und wieder abreißen, das zieht die Widerhaken raus. Haben Sie das gewusst?

Und jetzt höre ich gerade, wie Papa ächzend die Treppe hochkommt. Er will mich wohl

…

Nein. Doch. Er wollte mich holen, und ich gehe auch gleich, muss mich aber erst noch korrigieren. Vor allem wollte er mir nämlich erzählen, dass es den Kühlschrank doch nicht gibt.

Der Elektriker war da und hat gesagt: »Bevor

ich irgendwas installiere, muss ich alle Leitungen auswechseln, dazu die ganze Stromverteilung. Das ist ein Monat Arbeit, kostet Sie mindestens fünfzigtausend, und vor allem habe ich keine Zeit.« Weg war er.

Ich jetzt auch.

Tschüss, Frau Fröhlicher!

Robert Lobinger, 1B

3

Sind wir verflucht?

Liebe Frau Fröhlicher!

Mama ist sauer auf uns, sie sagt, wir plaudern private Dinge aus, und dass Ihre Hausaufgabe ganz anders gemeint war. Nämlich ganz langweilig so, dass Robbie und ich selbstständig Schulstoff aufarbeiten und Ihnen jeden Tag schreiben, was genau wir gemacht haben. Was ich ihr erstens nicht glaube. Und was zweitens gar nicht geht, weil Mama keine Ahnung hat, in welche unserer tausend Kisten sie in letzter Minute die Schulsachen gestopft hat. Und es auch nicht auf die Reihe kriegt, für uns Hausaufgaben zu erfinden, obwohl sie ja genauso Lehrerin ist wie Sie.

Aber eben eine mit Stilldemenz. Und einem Umzug an der Backe. Und drei Kindern, von denen eines ein wandelnder Staubsauger, Dreckfresser und Käfertöter ist. Und einem Mann, der auch mit jedem Tag mehr zum Zombie wird. Inzwischen hat Papa nämlich auch noch blutige Schrammen am Kopf, weil die Türen hier so niedrig sind. Er humpelt, weil ihm beim Möbelzerdeppern der Vorschlaghammer auf den Fuß gefallen ist. Und die kaputte Rippe macht, dass er so komisch hechelt. Dazu wirkt er immer leicht weggetreten, aber das liegt wohl an all den anderen Sachen.

Aber eigentlich wollte ich … Genau, ich wollte Mama ein Kränzchen winden.

Was mir aber gerade etwas schwerfällt, weil sie in genau dem Moment unter meinem Fenster bei den Abfallmulden steht und lautstark Papa zusammenstaucht. »Affenhirn« ist noch das Netteste. Hoppla, und wie war das? »Willst du mich unbedingt als Witwe mit drei Kindern und leeren Taschen in dieser Bruchbude zurücklassen? Ist das deine Form von Rache, Claus?« Da frage ich mich: Rache wofür? Ist uns was entgangen? Verzeihen Sie, aber das muss ich eben an Robbie weitersimsen …

So, erledigt. Grund für den Krach ist übrigens, dass Mama will, dass Papa schleunigst zum Arzt geht. Und dass er künftig die Schwerarbeit Fachleuten überlässt. Was einen Haken hat: Die Fachleute kommen nämlich nicht.

Robbie hat sich auch schon angeboten, er würde ja liebend gern Möbel zerdeppern. Doch Papa sagt, wenn Robbie sich verletzt und ins Krankenhaus muss, haben wir auch noch die Kinderschutzbehörde auf dem Hals, und wenn die sehen, wie wir hier leben, werden wir unter Garantie zwangsversorgt, oder wie das heißt.

Fein, ich höre gerade, dass sie sich wieder vertragen, Papa geht zum Arzt.

Und ich kann endlich erzählen, wie wir den Fachleuten nachgestiegen sind.

Robbie und ich waren gestern auf Dorfbesichtigung. Maja hatten wir auch dabei, angeschnallt in der Rakete. Die Rakete ist so ein dreirädriger geländegängiger superflitzender Kinderwagen, den Papa vor Majas Geburt gekauft hat, weil er dachte, er joggt dann mit dem Baby jeden Tag im Wald. Hat er, glaube ich, nicht ein einziges Mal gemacht. Sie wollten ja ganz vieles jetzt besser machen als damals bei uns. Das war jedenfalls der Plan, nachdem sie erst den Schock verdaut hatten, dass Mama noch mal schwanger ist.

Nein, stimmt nicht, Papa sollte ganz vieles besser machen. Mama dagegen hat gleich klargestellt: »Denk ja nicht, dass ich deswegen mein Buch nicht schreibe. Wir hatten abgemacht, spätestens wenn Robbie und Tilly aus der Primarschule sind. Das ist ziemlich genau zum Geburtstermin.«

Papa: »Moment, die Abmachung war die: Ich bleibe zu Hause und mache den Haushalt, du verdienst die Brötchen. Und wie bitte willst du die verdienen?«

Sie: »Warte ab, du wirst dich noch wundern. Außerdem haben wir doch jetzt was auf der Kante.«

Da hatten wir nämlich das Haus noch nicht. Die Idee kam in dem Gespräch erst auf. Nämlich so.

Papa: »Und was, wenn ich meine Klienten zu Hause empfange?«

Mama, weiterhin im Kampfmodus: »Mit einem Baby im Nebenzimmer? Was soll das werden, Schreitherapie?«

»Nein, aber wir könnten aufs Land ziehen, in was richtig Großes. Ich übergebe die Praxis einem

Nachfolger und biete nur noch Workshops an. Teilzeit. Eine Woche Workshop mit Pension, drei Wochen Familie.«

Mama war sofort weich. Nicht wegen der Idee an sich, aber ich glaube, sie hatte nie damit gerechnet, dass er sich ernsthaft mit ihrem Wunsch beschäftigt. Sie haben gleich den Gedanken weitergesponnen, Pläne gemacht, Listen, Telefonate geführt. Große Aufbruchsstimmung. Und geknutscht haben sie wieder. Wäre Mama nicht schon schwanger gewesen, wäre sie es da geworden.

Und sie sind drangeblieben. Nur hat alles viel länger gedauert. Papa konnte seine Patienten nicht so einfach vor die Tür stellen, auch musste ja erst der Kasten gefunden werden.

Dazu kam, dass Mama nach Majas Geburt wie ein ausgewechselter Handschuh war. Baby macht glucks, Mama schmilzt. Baby hat Hunger? Mama packt die Brust aus, egal wann, egal wo. Baby ist schon müde? Macht nichts, Mama geht mit Baby zu Bett. Wenn Papa wollte, dass sie sich im Internet ein Haus ansieht, musste er zehnmal betteln, und nach drei Minuten war nicht mehr das Haus

Thema, sondern Mamas Vorsatz, sich mit dem Abstillen bei Maja mal endlich nicht hetzen zu lassen. Oder die Sache mit den Impfungen. Oder …

»Das Thema, Tilly, das Thema!«

Mensch, das hab ich von ihr! Wo wollte ich eigentlich hin?

Richtig, Dorfbesichtigung! Also, eigentlich war es mehr ein Auskundschaften.

Wir haben herausgefunden, dass es

drei Straßen gibt, nämlich die Via Maistra, die Giassa d'Immez und die Giassa Dadaint

zwei Plätze, die Plazza heißen und Plazza dal Dazi

eine Tankstelle

eine Post

einen Kiosk

eine Gaststätte, den Engadinerhof

einen Tante-Emma-Laden

einen Hofladen

einen Hufschmied

einen Elektriker

einen Fachbetrieb für sanitäre Anlagen

eine Schneiderei.

Und wir haben jede Menge Gespräche geführt. Auf der Post etwa haben wir erfahren, dass unsere offizielle Adresse Prà ist, was Wiese heißt, dass alle das Haus aber als Chasa Albert kennen. Wenn Sie uns also schreiben wollen, müssen nicht mal unsere Namen auf den Umschlag, nur »Chasa Albert in Samartin«. Hat was Königliches, oder? Im Tante-Emma-Laden, der hier Volg heißt, haben wir gesehen, dass man nicht gleich bezahlen muss, sondern noch richtig anschreiben kann wie im Schellen-Ursli-Film.

Und im Hofladen gibt es Bio-Eier und Würste aus eigener Schlachtung.

»Fleisch auch?«, hab ich gefragt.

»Nur auf Vorbestellung«, sagt die Frau, eine Hübsche, ein bisschen Verhärmte mit rabenschwarzem Haar, »und die Mindestmenge ist ein Viertelkalb.«

»Ein Viertel was?«

»Ein Viertelkalb. Wird geliefert, wenn wir schlachten.«

»Und was tut man damit?«

»Tiefkühlen.«

»Uh, schlechtes Thema«, hab ich gesagt. »Wir haben nicht mal einen Kühlschrank.«

Davor hatten wir schon etwas über Maja geplaudert, die zuckersüß aussieht in ihrem Maienkäferbody, vor allem solange sie schläft. Und offenbar hat die Frau uns gemocht, denn als Nächstes sagt sie: »Ein alter Kühlschrank steht bei uns noch rum. Könnt ihr haben, wenn ihr wollt.«

»Na, gern«, sagt Robbie. »Nur, wie kriegen wir den heim?«

Gleichzeitig frage ich: »Hat er ein Gefrierfach?«

»Ja«, sagt die Frau, »aber nur für ein paar Kilo Würste. Wenn ihr die dazukauft, bringe ich ihn euch. Wo macht ihr denn Ferien?«

»Nein, nein«, sagt Robbie und wächst um ein paar Zentimeter. »Wir leben jetzt hier.«

Ich: »In der Chasa Albert.«

Worauf die Frau erst gar nichts sagt. Sich dann umsieht, als hätte sie jetzt gern ihren Mann an der Seite. Bevor sie sagt: »Zu dumm, dass ich im Moment keinen Führerschein habe.«

»Zu schnell gefahren?«, frage ich.

»Zu schnell nicht, nur schneller, als die Polizei erlaubt.«

Inzwischen kommt ihr Mann aus dem Stall, ein Drahtiger mit Blaumann und Gummistiefeln bis übers Knie, und sie reden was auf Romanisch. Das ist ein Problem hier, dauernd reden alle romanisch.

Dabei war ein Argument dafür, dass wir herziehen, dass Mama Homeschooling mit uns machen kann, und ein Argument dafür wiederum war, dass Papa gesagt hat: »Romanisch ist eine tote Sprache, jedenfalls fast. Wenn ihr in zwanzig Jahren was davon haben wollt, lernt Chinesisch.« Ich fürchte, das müssen wir noch mal diskutieren.

Jedenfalls hört der Blaumann sich an, was die Frau erzählt – wir verstehen viel Bahnhof und einmal Chasa Albert –, dann sagt er ganz schön barsch: »Invlida!«, dreht sich um und geht zurück in den Stall.

»Wir finden sicher im Stall eine Schubkarre oder so«, meint Robbie. »Können wir den Kühlschrank auch später abholen?«

»Ja, den könnt ihr holen, wann immer ihr wollt, der steht hier nur rum.«

»Und ein paar Würste«, sage ich.

»Die sind leider schon alle reserviert.«

»Oh, schade. Aber vielleicht ein Viertelkalb? Wann wird denn wieder geschlachtet?«

»Im Herbst, aber das nächste Kalb ist schon ausverkauft.« Sie zeigt flüchtig über die Straße, wo ihr Mann gerade drei putzige Kälber in ein Gatter führt. »Das gescheckte.«

Robbie schluckt leer. »Muss vielleicht auch gar nicht sein.« Ich hätte gar nicht gedacht, dass er für ein Kalb Gefühle hat.

»Aber ein paar Eier?«, bettle ich schon fast.

»Ich habe jetzt keine Zeit mehr für euch«, sagt sie. »Die Eier sind in Selbstbedienung.«

Und bevor wir fragen können, wo wir den Kühlschrank finden, ist sie weg.

So ähnlich ist es uns noch ein paarmal gegangen. Wenn die Leute »Chasa Albert« hören, ist fertig mit lustig.

Die Eier haben wir dann im Volg gekauft. Die Verkäuferin dort, eine blondierte Sechzigjährige mit der Ausstrahlung von Essigsocken, hat uns denn auch aufgeklärt.

Was ich noch schnell erzählen muss, weil es so lustig ist: Robbie hatte die gleich bei der Begrüßung auf der Latte. Dabei hat sie nur den Standard gebracht, schon in der Stadt lief es in neun von zehn Fällen so.

Wir kommen wo rein, mit Maja in der Karre.

Eine Frau ruft: »Je, das herzige Putzelchen.« (Es sind immer Frauen.)

Wir: »Ja, ja.«

»Überhaupt, drei Blondschöpfe wie ihr, das sieht man selten!«

Wir: »Ja, ja.«

»In welcher Klasse seid ihr denn?«

Wir im Kanon: »Im ersten Gymi.«

»Oh, Zwillinge? Wie süß!«

Ich: »Nein, ich bin zwölf, Robbie ist dreizehn.«

»Donnerwetter, dann hast du eine Klasse übersprungen?«

»Nein, mit zwölf in der Ersten ist normal.«

Blick auf Robbie, die Bewunderung weicht einer Mischung aus Mitleid und Verachtung. »Ach, dann bist du …?« Themenwechsel: »Was kann ich für euch tun?«

Robbie läuft jedes Mal krebsrot an. Er ist sich viel zu vornehm, um was zu sagen. Robbie, unser Superhirn! Ich dagegen find's wunderbar. Jedenfalls besser, als wenn Papa blöd dasteht. Die Alternative ist nämlich, dass sie fragen: »Wie geht das denn, zwei Mütter, oder was?«, und wenn ich freundlich erkläre: »Nein, Robbie ist im Januar geboren, ich im Dezember«, fangen sie an zu rechnen, ihre Pupillen weiten sich, darin steht in blutigen Lettern geschrieben: »Vergewaltigung im Wochenbett!«

Doch, wirklich, Frau Fröhlicher, die meisten Leute denken so schmutzig. Man sieht es an ihren Gesichtern. Dabei ist unser armer Papa einer dieser Menschen, die noch zum Niesen auf die Toilette gehen.

Womöglich würde ich gar auch so denken, hätte ich nicht erlebt, wie Mama nach Majas Geburt drauf war. Postnatale Depression? Pustekuchen! Am liebsten hätte sie die ganze Welt umarmt, und zwar rund um die Uhr. Und in ihrer überschäumenden Liebe zu diesem sabbernden Wonneproppen gleich noch eins gemacht. So ähnlich muss das auch damals nach Robbie gewesen sein, als Neugeborenes war er tatsächlich noch reizend, jedenfalls auf den Fotos.

Aber ich weiß schon: »Das Thema! Tilly, Tilly!«

Wir waren also im Volg, haben Kartoffeln, Eier und noch ein paar Sachen eingepackt. Dann haben wir Essigsöcklein gefragt, ob wir auch anschreiben lassen können wie die alte Dame vor uns. Einfach weil es uns gefallen hätte. Geld hatten wir schon auch dabei.

Sie: »Bedaure, das ist ein besonderer Service für die Leute, die hier leben.«

»Tun wir«, sagt Robbie, noch immer leicht gereizt.

Sie stutzt. »Ach so, und seit wann?«

»Seit Sonntag.«

»Für länger?«

Robbie: »Lebenslänglich. Jedenfalls haben wir noch ein Stück Arbeit vor uns, deppert, wie wir nun mal sind.«

Essigsöcklein ist verwirrt.

Ich versuche zu beschwichtigen: »Er meint es

nicht so. Doch, er meint es so, aber er kann auch anders. Jedenfalls haben wir die Chasa Albert gekauft und machen sie wieder flott. Dann will Papa dort …«

Weiter komme ich nicht.

»Nein, dann nicht«, entfährt es ihr. »Ich meine … Leider nein. Dann könnt ihr bei uns nicht anschreiben. Nehmt es nicht persönlich. Es ist nur so, dass wir schlechte Erfahrungen gemacht haben.«

Sie schiebt mir den Kassenzettel zu.

Ich will es genauer wissen. »Mit den Alberts?«

»Nein, mit … Ja, doch, auch. Aber … Als der alte Albert noch gelebt hat, lag schon ein Fluch auf dem Haus. Die Mieter danach waren alle … Auf Romanisch sagen wir: ›lumbarduns‹. Halunken. Das klingt auf Deutsch etwas heftig. Jedenfalls keine Leute, denen man gern sein Geld anvertraut.«

Das will ich ungern so stehen lassen. »Mein Papa ist Psycho…«

»Komm schon.« Robbie zerrt mich weg.

»Wir müssen doch noch bezahlen.« Hastig

krame ich nach dem Geld. »Jedenfalls ist er ein bekannter Mann, und Mama …«

Robbie reißt mir den Zwanzigfrankenschein aus der Hand, legt ihn aufs Förderband und sagt: »Stimmt so.« Dann zieht er mich raus.

Bevor die Tür sich hinter uns schließt, sag ich noch: »Wir haben das Haus auch nicht gemietet, sondern gekauft.«

Dann stehen wir draußen.

»Mensch, Robbie, wir müssen doch hier rein und raus; es gibt nur den einen Laden. Da kann man sich nicht so aufführen.«

Maja hat sich die ganze Zeit nicht gerührt. Ich bücke mich und halte ihr den Finger unter ihre Nase, um zu sehen, ob sie noch atmet. Als ich ihn wegziehe, hat sie einen Schnauzbart, ich hab wohl von den Kartoffeln Erde an den Fingern. Robbie und ich sehen uns an und denken beide: »Pubert von der Addams Family!« Da können wir schon wieder lachen.

Bis eine ältere Frau den Volg verlässt, die wir davor gar nicht bemerkt haben. Sie geht an einer Krücke, und sie geht krumm. Jedenfalls, soweit man das erkennen kann, denn sie trägt einen viel zu weiten Regenmantel, der mit dem Alter farblos geworden ist. Auch die Haarfarbe ist schwer zu bestimmen, es ist so fettig, dass es nass aussieht. Nur die dicke Armbanduhr leuchtet knallrot – nein, es ist keine Uhr, sondern ein Notrufknopf. Und an der Krücke baumelt ein altmodisches Einkaufsnetz mit einer gelben Melone und einer Packung Zwieback.

Sie scheint froh, dass wir noch dastehen und sie uns genauer ansehen kann. Sie kommt gerade auf uns zu, beugt sich vor und betrachtet erst mich, dann Robbie. Sie sieht wohl nicht gut. Ich bilde mir ein, dass sie lächelt, aber es ist doch eher eine Grimasse. Zuletzt beugt sie sich ganz langsam und zaghaft zu Pubert Adams runter, sie hat wohl Angst, das Gleichgewicht zu verlieren.

Das ist der Moment, in dem Maja endlich aufwacht, einen gellenden Schrei ausstößt und ins Leere greift wie immer, bevor sie richtig wach wird. Die Alte erschrickt, wendet sich hastig ab und humpelt weiter die Straße entlang. Der Anblick erinnert mich an was, aber mir fällt nichts dazu ein, bis Robbie sagt: »Wie diese verkrüppelten Straßenköter in unseren Sizilien-Ferien.« Wir sehen ihr nach, bis sie in einem Haus verschwindet. Sie ist so zittrig, dass sie die Tür kaum aufbringt.

Irgendwie schaurig, das Ganze.

»Aber der Faden, Tilly!«

Uh, das ist lange her. Wo war war ich denn? Da, der Mangel an Fachleuten, s. Absatz 6 von oben. Denn wir waren dann noch beim Sanitärinstallateur. Wollten ihn bitten, ob er nicht ins Plumpsklo eine Spülung einbauen kann, das würden wir ausgesprochen schätzen.

Nein, sagt er, dafür bräuchte es eine Baubewilligung. Außerdem ist er der Meinung, dass das Haus generell abgerissen gehört. Oder abgefackelt. Bei einem schönen Neubau dagegen würde er uns gern zur Hand gehen, das sollen wir unseren Eltern ausrichten.

Als ich ihn frage, ob er uns jemanden empfehlen kann, der ...

Nein. Im Sommer herrscht auf dem Bau Hochsaison, da sind alle ausgebucht.

Als wir danach zurück zum Haus kommen, das

Schreibaby abgeben wollen und einen Karren oder so für den Kühlschrank suchen, steht der schon riesig und unübersehbar auf dem Vorplatz. Den müssen wir jetzt irgendwie reinschaffen. Mama sagt, ein Mann mit Gummistiefeln hat ihn wortlos abgeladen.

Und neben dem Kühlschrank steht ein weißer vw-Kombi, Jahrgang letztes Jahrtausend. Papa war nämlich in Scuol im Krankenhaus, und weil er zwischen Untersuchung und Labor ein Viertelstündchen warten musste, hat er einen Spaziergang gemacht, an einer Autogarage vorbei. Da er seit zwanzig Jahren nicht mehr Auto gefahren ist, hat er nicht mal gewagt, ihn selber herzufahren, sondern sich vom Garagisten chauffieren lassen. Er will jetzt erst hier auf dem Platz üben. Er ist schon ein Original, mein Papa! Und Mama kann wieder über was schimpfen.

So viel für heute.

Ihre Tilly

4

Der Schmugglerkönig

Guten Morgen, Frau Fröhlicher.

Gestern war ein guter Tag. Es begann damit, dass wir ein Kämmerchen leer geräumt haben, das vollgestopft mit Altkarton war, die Hälfte davon Pizzaschachteln. Wir dachten, es ist die Besenkammer, aber zuhinterst entdeckten wir – ein Klo. Ein richtiges waschechtes funktionierendes Water Closet. Mit einer Spülung, wie wir sie mal in den Ferien in Italien hatten, wo man einen Hebel drücken muss, dann schießt das Wasser mit Hochdruck raus, und wenn man den Hebel wieder loslässt, knallt das Rohr mordsmäßig. Super, wenn man mal nachts das ganze Haus aufwecken will. Und ich sage Ihnen, so ein Klo mit Spülung hebt die allgemeine Stimmung schon enorm. Vorher mussten wir dafür immer raus, das Plumpsklo ist ein Häuschen auf dem Balkon, und wir haben hier oben zwar wenig Mücken, aber die, die wir haben, treffen sich immer dort.

Dann habe ich recherchiert. Weil Mama mich nämlich von der Baustelle verbannt hat. Es geht ja immer noch darum, aus sperrigem Abfall Kleinholz zu machen, dann passt mehr in die Mulde. Jede volle Mulde kostet nicht nur einen Tausender Entsorgungsgebühr, sie wird zur Entsorgung auch bis nach Rapperswil gefahren. Das sind vier Stunden Fahrt. Hallo, Umwelt. Und weil Papa der Vorschlaghammer auf den Fuß gefallen ist und irgendein Knöchelchen zerdeppert hat, hat er den Hammer gegen eine Kettensäge eingetauscht. Er hält das für sicherer. Mama hat für den Notfall schon mal ihren Führerschein rausgekramt. Und sie hat uns Kindern verboten, uns im selben Raum wie Papa aufzuhalten.

Nicht weiter schlimm, Tilly hilft ihr jetzt, einen Gemüsegarten anzulegen, und ich bin der Frage nachgegangen, was uns diesen Fluch aufs Haupt geladen hat. Und habe immerhin eine These. Hören Sie zu, und halten Sie sich fest. Denn es wird happig.

Samartin liegt ja an der Grenze zu Tirol. Und wo eine Grenze ist, da wird geschmuggelt. Schmuggeln ist verboten – sollte man denken. Aber nicht in der Schweiz. Im Gegenteil. Jedenfalls früher. Offiziell hieß das nicht Schmuggel, sondern Export II, die Einnahmen wurden ordentlich versteuert und haben ganz schön die Staatskasse gefüllt. Und zwar lief das so ab: Wohlhabende Schweizer wie etwa unser Herr Albert haben Waren gekauft. In den Dreißigerjahren des letzten Jahrhunderts waren das vor allem Kaffee, Tabak und Süßstoff. Sacharin. Kein Witz. Später dann nur noch Zigaretten. Das ging so bis in die frühen Siebziger (da war Papa schon auf der Welt!). Geschmuggelt haben die armen Schweine von drüben, Tiroler Taglöhner und Bauern mit oft neun oder zehn Kindern, die nichts zu beißen hatten. Die sind entweder heimlich über die Berge in die Schweiz gekommen oder dann zur Sonntagsmesse, schön mit Krawatte und gewichsten Schuhen. Herr Albert hat ihnen wahlweise die Ware verkauft, dann hatten sie das Risiko, aber auch mehr Gewinn. Oder er hat ihnen einen Trägerlohn bezahlt, und wenn sie mit der Ware drüben waren, hat ein Mittelsmann von Albert sie entgegengenommen. Die Ausfuhr der Waren hat er an der Grenze ordentlich deklariert, illegal wurde die Sache erst drüben. Dafür war der Lohn auch nicht schlecht. In den Sechzigern hat ein Träger mit einem Schmuggelgang so viel verdient wie als Waldarbeiter in einer ganzen Woche. Ging er auf eigene Rechnung, hat er mit den tausend Päckchen Zigaretten, die pro Mann auf dem Rücken rübergetragen wurden, fast einen Monatslohn kassiert. Bar auf die Hand.

Das klingt ja alles ganz nett, nur war die Sache schweinegefährlich. Wen die Finanzpatrouille geschnappt hat, der kam ins Gefängnis, und die neun oder zehn Kinder wurden ziemlich sicher fremdplatziert. Scharf geschossen wurde auch. Manche sind erfroren, weil sie eben auch im Winter unterwegs waren, bei minus 20 Grad, nachts, im Schneesturm. Andere hat eine Lawine erwischt.

Und in Samartin sitzt Dagobert feixend vor seinem Safe und zählt Geld.

Jetzt werden Sie denken: »Alles schön und gut, Robbie, aber kannst du was davon belegen?« Sagen wir, es gibt Indizien. Zum Beispiel ist Tirol schwermehrheitlich katholisch, das Engadin reformiert. Nur Samartin hat zwei Kirchen, eine evangelische für die Bevölkerung und eine katholische für die Schmuggler. Zugegeben, das ist Spekulation. Wir haben auch auf dem Dachboden stapelweise Jutesäcke mit dem Aufdruck *Kaffee* gefunden.

Vor allem jedoch höre ich auf mein Bauchgefühl. Habe ich Ihnen schon gesagt, dass ich in einem früheren Leben Wahrsager war? Und zwar habe ich mich gefragt: Wie kommt es, dass der Safe aufgebohrt ist? Und dass der Boden an so vielen Stellen lose Planken hat? Und die Bilder alle schief hängen? Und Lampengläser zerbrochen sind?

Ganz offensichtlich wurde das Haus durchsucht, und nicht einmal, sondern mehrmals. Nehmen wir an, dass Herr Albert tatsächlich einer Tätigkeit nachgegangen ist, bei der viel Bargeld fließt. Und dass nach seinem Tod dieses Bargeld nicht gefunden wurde. Was auch Außenstehende leicht überprüfen können, sie müssen nur kurz recherchieren, ob der Lebensstandard der Hinterbliebenen sich schlagartig geändert hat. Das würde erklären, wieso der Sohn das Haus so lange nicht verkauft hat – weil er nämlich gehofft hat, er wird noch fündig. Und wieso sich in den letzten Jahrzehnten immer wieder Gesocks hier niedergelassen hat.

Wie sagt Chemielehrer Zyssig immer so schön? »Nun, was lernen wir daraus?«

Wir lernen, dass
das Geld nicht hinter Bildern versteckt ist
nicht in einer Lampe
nicht unterm Boden (zumindest nicht da, wo die Planken lose sind).

»Gut«, denken Sie vielleicht, »Herr Albert hatte womöglich einfach einen kostspieligen Lebenswandel.«

Ja, womöglich. Aber er war ja auch noch ein sicherlich gut bezahlter Beamter. Und was könnte denn viel Geld kosten? Eine geheime Liebschaft? Bekommt ein Mann in seiner Position hier bestimmt für ein Butterbrot. Ein illegales Kind? Kann auch kein Vermögen kosten. Das Einzige, was mir einfällt, ist eine richtige, waschechte Perversion. Wenn er Kinderschänder war, zum Beispiel, oder gern Leute aufgeschlitzt hat, so was geht richtig ins Geld.

Mein Fazit: Forschen wir mit dem richtigen Blick, finden wir entweder viel Kohle oder aber Zeichen eines Doppellebens. Beides wäre nett.

Papa wäre die Kohle lieber, das andere kennt er aus seiner Psychopraxis zur Genüge. Jedenfalls konnte ich ihn überzeugen, mit mir auf die Suche zu gehen. Ich musste ihn einweihen, weil er die Hoheit über die Bohrmaschine hat. Dafür besitze ich aus meinem früheren Leben als Detektiv noch ein Endoskop, das sind diese Minikameras mit Glasfaseroptik. Hatten Sie schon mal eine Darmspiegelung? Das war ein Endoskop.

Das Tolle an dem Gerät: Ein kleines Loch reicht aus, um eine ganze verborgene Innenwelt zu erkunden. Jedenfalls in der Theorie. Mein Endoskop ist leider Kinderkram, dazu ist noch die Optik zerkratzt, weil ich versucht habe, mit einer Nagelfeile und Schmirgelpapier den Blickwinkel zu erweitern. Hat nicht geklappt. Aber das LED-Lämpchen tut noch, und wenn ich die Kratzer auf der Optik mit einem Tröpfchen Baby-Öl auffülle, sehe ich immerhin, ob im Geheimen etwas funkelt und glitzert. Das ist ja, was wir suchen.

Wir sind also nach dem Abendessen durchs Haus gewandert, haben in jedem Zimmer die Täfelung abgeklopft, und wo es anders klang, matter oder hohler, haben wir ein kleines Loch gebohrt. Der Drei-Millimeter-Bohrer reicht schon aus, und wenn man die Bohrspäne auffängt, mit etwas ganz gewöhnlichem Weißleim anrührt und nach Ende der Untersuchung wieder ins Loch stopft, ist es kaum noch zu entdecken.

Leider war die Suche noch nicht von Erfolg gekrönt, und das Ende war mal wieder typisch Papa.

»So, jetzt Schluss mit diesem Kinderkram.«

»Wieso ist das jetzt Kinderkram?«

»Weil es eben einer ist. Mit der Spionagekamera hinter Wänden Schätze suchen ist Kinderkram.«

»Und wenn wir einen finden, ist das dann auch noch Kinderkram?«

Papa stöhnt. »Das macht es ja eben zum Kinderkram, dass man so keinen Schatz findet.«

»Aber wenn wir was finden, ist es keiner mehr.«

»Man findet so keinen!«

»Wie denn?«

»Die Frage ist nicht, wie, die Frage ist, wo. Und mir wird diese Diskussion zu blöd.«

»Ich diskutiere nicht, ich frage nur. Wo würdest du denn einen Schatz suchen, wenn nicht hier?«

»Mensch, Meier! Die Frage ist nicht, wo, sondern was! Gold und Klunker, so was gibt's nur im Comic. Hier, dieses Haus, das ist ein Schatz, und was wir hier aufbauen wollen. Das richtige Leben führen ist ein Schatz. Gold ist Pipifax.«

»Okay, kapiere. Nur was wollen wir denn hier aufbauen?«

»Na, eben ein gutes Leben. Wegkommen von dem ganzen Stress, mehr Ruhe, mehr Zeit füreinander. Quality Time nennt man das.«

»Und was tun wir in der Zeit?«

»Egal was. Was eben Spaß macht.«

»Wem?«

»Dir, mir.«

»Und was macht dir Spaß?«

»Mir? Völlig egal. Es muss nicht immer alles zu einem Resultat führen, darum geht's. Einfach sein. Klar?«

»Nein.«

»Es geht um die innere Einstellung. Die Sachen nehmen, wie sie kommen, und sie genießen. Die Menschen nehmen, wie sie sind, und sie genießen. Was ist daran so schwer zu verstehen?«

»Eigentlich gar nichts. Nur wieso können wir dann nicht weiter den Schatz suchen?«

Kurz fürchte ich, er schmeißt den Bohrer hin. »Weil ich dazu keine Lust hab! Weil ich jetzt wieder Möbel zerlegen gehe, dann hat man wenigstens das Gefühl, man hat was gemacht. Und du musst sowieso jetzt ins Bett.«

»Ich gehe ja auch. Aber liest du uns mal wieder vor? Wie früher? Das war schön.«

»Vorlesen? Wer hat denn Zeit für so was? Sieh dich doch um, was hier noch alles zu tun ist!«

Ich habe dann dafür Tilly vorgelesen, aus einem Buch, das Papa angeschleppt hat. Es heißt: *Ich kaufe mir ein Engadinerhaus*. Sie hat gleich super geschlafen.

Robert Lobinger, 1B

5

Das verschollene Mädchen

Liebe Frau Fröhlicher!

Gestern früh hat das Krankenhaus angerufen. Papas Laborbericht war da, er hat einen drastischen Eisenmangel. Also, megadrastisch, von irgendwas drei statt dreißig oder so. Deshalb darf er heute zur Darm- und Magenspiegelung antanzen. Und wir wissen, warum er dauernd wie bekifft ist. Die Ärztin hat gemeint, es ist ein kleines Wunder, dass er überhaupt noch steht. Braver Papa!

Und Mama und ich hatten was Schönes vor. Während Robbie von Papa noch schnell den Akkubohrer geschnorrt hat, damit er weiter Hohlräume erforschen kann, inspizieren wir den Dachboden. Jedenfalls, solange Maja schläft und Mama sie im Tragtuch hat. Wird sie wach, strampelt sie sich raus, Mama muss sie absetzen, und Maja pflügt sich gleich durch knöcheltiefen Fledermausdreck.

Wir dachten erst, es sind Mäuseköttel, aber Robbie hat recherchiert.

Was haben wir auf dem Dachboden gefunden?

Stapelweise Rosshaarmatratzen

Sehr kurze Bettgestelle mit Jahreszahl. Siebzehnhundertsoundso

Eine Kinderwiege

Zwei Webstühle

Ein Schaukelpferd

Zwei Puppenwagen

Eine Kiste mit Puppen

Stapelweise Brettspiele

Kisten mit Garn

Kisten mit Linoleumresten

Ersatzkacheln für die Öfen

Einen Satz Kuhglocken

Einen Holzski mit Riemchenbindung

Skistöcke

Schlittschuhkufen zum Anschnallen

Stapelweise Kaffeesäcke

Drei Fässer (Robbie schätzt, für Tabak)

Uraltes Ölgemälde I: Frau mit Rüschenkragen

Uraltes Ölgemälde II: Mann mit Adlernase

Eine Truhe mit lauter Geklöppeltem, Nähzeug und einem Bündel Briefe auf Französisch, Datum Achtzehnhundertirgendwas

Eine Truhe Bettwäsche und Handtücher, Mama sagt, alles handgewoben und pures Leinen. Jedes Stück versehen mit dem Monogramm *C. A.* Eine Aussteuer, sagt Mama, so was haben Frauen früher in die Ehe mitgebracht

Und eine große, überquellende Mappe voller Kinderzeichnungen, angeschrieben mit *Demian Albert.* Die haben wir mit runtergenommen. Demian Albert, müssen Sie wissen, ist der Mann, der uns das Haus verkauft hat. Der Sohn von Pankraz Albert, der als Letzter hier richtig gelebt hat, dem mutmaßlichen Schmugglerkönig. Und was ist daran so interessant?

Dazu muss ich ausholen. Als Mama und Papa ihn in Scuol auf dem Grundbuchamt getroffen und den Kaufvertrag unterschrieben haben, hat Mama versucht, ihn auszuquetschen. Er war aber denkbar maulfaul und wollte auch nicht mit ihnen was trinken gehen und auf den Handel anstoßen, sondern hat sich gleich wieder ins Auto gesetzt.

Auf dem Weg dorthin konnten sie diesem Demian immerhin rausleiern, dass er der Haupterbe war, dass er schon früh fort von zu Hause ist, erst aufs Internat nach Zuoz, danach hat er in Fribourg und Paris studiert. Dass er seine Mutter früh verloren hat und sein Vater allein noch zwanzig Jahre im Haus gelebt hat.

»Nein, nicht ganz allein«, fällt Mama ein. »Er hat gesagt, mit einem Mädchen. Einem Dienstmädchen wohl, oder was immer.« Wozu sie grinst.

Und jetzt Achtung! Als wir nämlich die Bilder angucken, steht auf den meisten irgendwo *Demian*, manchmal auch *D. A.*, dazu eine Jahreszahl, *1948* zum Beispiel. Auf drei Zeichnungen aber, die sich im Stil auch abheben, steht nicht *D. A.*, sondern *C. A.*, und einmal steht in roasaroter Mädchenschrift: *Cristiana Albert, 1952*.

C. A., wie auf der Leinenwäsche. Das gibt zu denken, oder? Wer war das Kind? Wieso hat Demian Albert sie nicht erwähnt? Wo ist sie geblieben?

Als ich beim Mittagessen (auch wir stapeln jetzt Pizzaschachteln, Aufbackware) Robbie davon erzähle, sagt der: »Na, dann nichts wie auf zum Friedhof.«

Noch kauend ziehen wir los.

Zwei Kirchen, zwei Friedhöfe. Auf dem reformierten liegen keine Alberts. Dafür haben sie auf dem katholischen ein nicht zu übersehendes Familiengrab, auf dem Stein ist noch Platz für Zuwachs.

Die einzigen zwei Namen sind:

Erna Albert (1906–1961)
Pankraz Albert (1900–1980)

Darüber steht in goldenen Lettern: *Si deus pro nobis, quis contra nos?*

Sie können vielleicht Lateinisch, Frau Fröhlicher, Robbie musste den Google Translator bemühen. »Wenn Gott für uns ist, wer kann dann gegen uns sein?« Ist das korrekt übersetzt? Und was heißt das? Klingt jedenfalls mehr nach Kampfansage als nach einem friedlichen Ableben.

Kein Hinweis auf Cristiana Albrecht. Wir haben den ganzen Friedhof abgesucht. Wir waren auch in der Kirche, da hängt eine Tafel, auf der alle aus Samartin aufgelistet sind, die ins Kloster eingetreten oder Pfarrer geworden sind, angefangen mit 1315. Schlacht am Morgarten. (Kriege ich dafür ein Plus?)

Robbie fragt: »Was nun?«

Ich sage: »Eis essen.«

Denn gestern war es tagsüber knallheiß. Heute auch. Nur nachts wird es kalt.

Eis essen findet Robbie prima, und weil beim Kiosk an der Grenze ein Softeis-Automat steht, sind wir da hin, haben Eis gegessen und ein bisschen rumgelungert, bis wir den Zöllner mit dem Kraushaar entdeckt haben. Der stand da so rum und hat sich gelangweilt, und als er uns entdeckt hat, hat er gerufen: »Schmeckt's?«

Robbie ruft zurück: »Ganz okay.« Das ist bei ihm schon das Maximum, meist sagt er nur: »Essbar«, oder so was wie: »Die alten Römer haben mit verrottetem Fisch gewürzt, dagegen ist das hier schon allererste Sahne.« Wo war ich? Genau. »Ganz okay«, sagt er also, und: »Soll ich Ihnen auch eines bringen, oder sind Sie Freigänger?«

Was ein Freigänger ist, hat er mir erst nachher erklärt, das ist ein Sträfling mit der Erlaubnis, tagsüber draußen zu arbeiten. Passt also nur mäßig, und frech ist es auch noch.

Aber der Krauskopf hat gelacht und ist rübergekommen, um zu fragen: »Wie lebt es sich denn da oben?«

Ich sehe Robbie an, dass er sich eine witzige Antwort überlegt, aber ihm fällt nichts ein, also entschließt er sich für Ehrlichkeit. »Mühsam, da haben Leute ganz schön Dreck hinterlassen. Jedenfalls war die Vorstellung romantischer. Aber wir beißen uns durch. Finden Sie, wir sind dumm?«

Der Zöllner wirkt etwas irritiert, dass Robbie ihn so direkt fragt, aber es gefällt ihm wohl auch. Jedenfalls macht er es sich mit einer Antwort nicht einfach. »Nein, dumm nicht«, sagt er, nachdem er kurz überlegt hat. »Und ich weiß auch gar nicht genau, was da oben los ist oder los war. Ich weiß nur, dass die Leute das Haus nicht mögen. Das Haus und seine Geschichte. Und wenn ihr da wohnt, werdet ihr Teil davon.«

Robbie, clever: »Geschichte lässt sich aufarbeiten. Wollen Sie uns helfen?«

Der Lockenkopf lacht und zeigt ein Gebiss wie aus der Zahnarztwerbung. »Ich kann mir nicht vorstellen, was ich da helfen könnte.«

»Ich schon. Die Waren, die hier deklariert werden, die werden doch irgendwo gespeichert.«

»Die Waren nicht, aber die Einträge.«

Robbie haut sich auf den Kopf. »Logisch. Und wie lange werden die gespeichert?«

»Bei uns im System nur kurz. Wie lange in der Zentrale, müsste ich nachsehen. Aber die Daten sind natürlich geheim.«

»Auch solche aus den Sechzigerjahren? Oder noch früher?«

Der Zöllner lacht wieder. »Da gab's noch gar keinen Computer.«

»Nein, aber Bücher.«

»Stimmt, ich habe nur keine Ahnung, wo die heute stehen. Vielleicht im Museum?«

»Welchem Museum?«

»Ich sag ja, keine Ahnung. War's das? Oder kann ich sonst was für euch tun?«

Robbie schüttelt den Kopf. Dafür frage ich: »Wie lange haben Sie schon den Job hier?«

»Ein Jahr, plus / minus.«

»Und schon einen dicken Fisch gefangen? So richtig Nervenkitzel? Oder steht man nur so rum?«

»Wieso willst du das wissen?«

»Na ja, Zukunftsaussichten. Was will man hier sonst schon werden?«

»Geh weg, sobald du kannst, zieh in die Stadt.«

»Da kommen wir gerade her. Warum sind Sie hier?«

»Na ja, ich hatte gerade eine Ausbildung als Uhrmacher angefangen, so was dauert und bringt nichts ein. Da ist meine Freundin schwanger geworden, und ich habe umgesattelt. Kurze Ausbildung, solider Lohn? Da gibt's nur Polizist oder Grenzwächter. Und Polizist war ihr zu gefährlich. Aber herkommen will sie auch nicht. Sie ist aus St. Moritz, da ist wenigstens was los. Hier kann man nur den Kühen beim Bimmeln zusehen.«

»Nicht mal das«, sag ich. »Aber wenn Sie irgendwann Lust auf eine Runde Uno haben, dürfen Sie sich melden.«

Er hat noch mal die Zähne gebleckt, dann hat er auf den Eisautomat gezeigt. »Die nächste Runde geht auf mich. Aber nicht mehr heute. Zu viel Süßes macht dumm.«

Ich denke: »Wenn wir weggehen, sagt Robbie bestimmt: ›Der war in einem anderen Leben Zahnarzt.‹«

Stattdessen sagt er: »Ach, Mist! Heute ist einfach Flaute. Kein Schatz, keine Leiche, nicht mal einen miesen Charakter konnten wir entlarven.«

Wir versuchen uns noch damit abzufinden, dass wir ohne Aussicht auf Besserung am Podex der Welt gelandet sind (O-Ton Robbie), da hören wir ein kleines, wie weggeworfenes Lachen, das wir doch irgendwie kennen. Als wir uns umdrehen, sehen wir gerade noch ein sonnenverbranntes Mädchen mit schwarzen Locken und braunem Shirt und Shorts im Hauseingang verschwinden. Im selben Haus wie am Dienstag die Frau mit der Krücke.

Gespannt, Frau Fröhlicher?

Mehr morgen!

Ihre Tilly

6

Geheime Verwandte

Hallo, Frau Fröhlicher.

Vorweg die gute Nachricht: Papa wird uns noch eine Weile erhalten bleiben. Die Spiegelungen haben ein paar Narben im Darm gezeigt, aber keinen Krebs und keine akuten Blutungen. Die Ärztin sagt, der Eisenmangel kann auch genetisch bedingt sein, und lässt Papa heute zur Infusion antanzen. Und Mama strahlt wie frisch verliebt. Offensichtlich hat sie sich viel mehr gesorgt, als sie zugeben wollte.

Ich bin nach der kurzen Depression am Zollamt in einem neuen Spionagehoch. Die große Frage: Wer sind die Kinder in unserem Stall? Was tun sie da? Und hängt – hier meldet sich wieder mein Bauchgefühl – vielleicht alles zusammen?

Mein Forschungsbericht:

Nachdem wir am Donnerstag das Mädchen im

Haus der alten Frau hatten verschwinden sehen, konnten wir erst nicht viel tun. Natürlich waren wir neugierig, aber am helllichten Tag hinspazieren und fremde Türklingelschilder inspizieren, fanden wir zu frech. Bestimmt stehen wir hier die ganze Zeit unter Beobachtung. Also sind wir erst mal wieder hoch in unseren Trümmerhaufen und haben darauf gewartet, dass es dunkel wird. Was jetzt im Sommer natürlich furchtbar spät ist. Um halb zehn, um genau zu sein. Bis dahin hatte Tilly keine Lust mehr mitzukommen, was mir auch lieb war. So brauchte ich nur Gute Nacht zu sagen und mich zu verziehen, während Tilly sich mit viel Brimborium bettfertig gemacht und alle Aufmerksamkeit auf sich gezogen hat. Zumindest war das die Abmachung.

Der Weg im Finstern runter zur Brücke und rüber ins Dorf war ganz schön unheimlich, ein paarmal habe ich glühende Augen gesehen, Katzen wohl, es hätte aber auch ein Werwolf sein können. Im Dorf selber war dann viel mehr Betrieb, als ich erwartet hatte, die Terrasse vor dem Engadinerhof war voll, die Leute haben gequatscht und gequatscht. Eine Weile habe ich hinter einer Hausecke gewartet, dann wurde es mir zu dumm, und ich bin einmal ganz normal vorbeigelaufen, so als wollte ich im Hofladen noch schnell Eier fürs Frühstück kaufen, dort ist ja Selbstbedienung. Auf dem Rückweg war ich dann natürlich nicht mehr interessant und konnte ziemlich sicher unbeachtet schnell in den Hauseingang der Alten witschen, um das Klingelschild zu lesen. »Schnell« zumindest in der Theorie, es war dort zappenduster, und ich musste erst das Handy zücken und leuchten. *Simon*. Hm.

Durch die Fenster habe ich im Vorbeigehen auch gelinst, aber da war nur Schwarz. Es war inzwischen auch fast elf.

Auf dem Nachhauseweg wollte ich gleich im Online-Telefonbuch nachschlagen, aber das war keine so gute Idee, weil ich geblendet war und den Weg nicht mehr gesehen habe und auf der Brücke lang hingeschlagen bin. Schrecksekunde: »Wo ist das Handy?« Baden gegangen war es zum Glück nicht.

Aber als ich oben ankam, war sofort Zoff.

Tilly hatte nicht schlafen können, weil sie Angst um mich hatte, sie heult, Mama quetscht sie aus, und wäre ein normaler Tag gewesen und nicht Papas Wiederauferstehung, hätte es garantiert eine drastische Strafe gehagelt. In der Regel heißt das Handy-Entzug. Wenigstens hat Tilly nicht verraten, dass wir uns hier gerade noch unbeliebter machen, indem wir alten Frauen nachstellen. Ich habe erzählt, ich hätte im Hofladen Blutwurst kaufen wollen, damit Papa zu seinem Eisen kommt, und die Gäste im Engadinerhof könnten das bezeugen. Das fanden sie dann natürlich süß. Und ganz gelogen war es auch nicht, immerhin hatte ich mir vorgenommen, wenn mich im Dorf jemand anhält und wissen will, was ich so spät hier mache, ein Polizist oder so, dass ich das dann so behaupte. Wenn ich nämlich Eier sage, muss ich womöglich noch welche kaufen, und ich hatte überhaupt kein Geld dabei, aber Blutwurst haben die unter Garantie nicht.

Vor dem Einschlafen wollte ich dann noch *Simon* recherchieren, aber als das Handy runtergefallen war, hatte es blockiert und ließ sich nicht mehr abstellen und gar nichts. Immerhin hatte es mir noch den Weg geleuchtet, aber danach musste ich erst warten, bis der Akku ganz leer war, damit ich es neu starten konnte.

Das war gestern früh der Fall. Tilly ging mit Mama und Maja in den Garten, ich hatte nur eine Pflicht: meine Kleider waschen. Wir waschen hier noch kalt im Trog mit Waschbrett. Und mit Gummihandschuhen, damit uns die Hände nicht abfrieren, denn das Leitungswasser ist selbst im Sommer eisig. Das Rubbeln ist harte Arbeit und geht in den Rücken, aber das Schleudern macht Spaß, dafür ist nämlich eine Zentrifuge da, die mit Wasserdruck arbeitet. Das klingt dann, wie wenn ein Flugzeug abhebt. Und die Wäsche draußen in der Sonne auf die Leine hängen ist auch was Schönes.

Danach war das Handy wieder vollgeladen und neu aufgestartet und tat seinen Dienst – und wie!

Laut Telefonbuch wohnt in Samartin eine Amalia Simon(-Albert). In Scuol ein Not Simon-(Albert), Wegmacher.

Erste Erkenntnis: Die Alte ist eine Albert (!!!), in welchem Verwandtschaftsgrad auch immer. Zweite Erkenntnis: Sie ist geschieden.

Ich durchsuche weiter das Telefonbuch und finde in Ramosch, was eines unserer Nachbardörfer ist, Nino und Monica Simon(-Oswald). Google sagt, Nino Simon arbeitet in St. Moritz, im Sommer als Bergführer, im Winter als Skilehrer und Schneeschuhführer. Alter 38, geboren in Samartin.

Dritte Erkenntnis: Amalia Simon-Albert hat einen Sohn.

Danach google ich Monica Simon-Oswald. Sie war vor drei Jahren als Küchenangestellte Mitarbeiterin des Monats in einem Hotel in St. Moritz-Bad. »Die gebürtige Münstertalerin ist verheiratet und glückliche Mutter von Nino (9) und Cora (7).«

Vierte Erkenntnis (oder zumindest ein haarscharfer Schluss): Die Einbrecher in unserem

Stall sind Geschwister, zwölf und zehn Jahre alt, Nino und Cora.

Und schließlich finde ich noch eine Annonce: »Ferienwohnung in Ramosch, Inhaber N. & A. Simon. Sommersaison Mitte Juni bis Ende Oktober. Wintersaison 23. 12. bis Ende Februar.« Dazu fällt mir nichts Kluges ein.

Dafür borge ich mir Papas Laptop und gehe noch mal auf die Pirsch. Auf der Terrasse vom Engadinerhof bestelle ich eine Himbeer-Gazosa und tue, als würde ich arbeiten. Nein, das tue ich sogar, ich habe mir verschiedene Texte zum Thema Spukhaus runtergeladen. Die scanne ich mit einem Auge, während ich mit dem anderen die Tür der Simon überwache.

»Die unheimlichen Phänomene lassen sich meist auf Verbrechen zurückführen, die im Haus begangen wurden. Werden sie aufgedeckt, kann es sein, dass der Fluch damit besiegt ist. Nicht selten sehen die Bewohner sich aber auch gezwungen, das Haus zu verlassen. Oder sie sterben darin und werden selber Teil des Spuks.«

Das versuche ich noch zu verdauen, als die Haustür aufgeht und alle drei aus dem Haus kommen. Amalia setzt sich auf das Bänkchen an der Hauswand, die Kinder gehen in den Volg und kommen nach zehn Minuten mit der gleichen Aufbackpizza wieder, die wir auch gekauft haben, dazu Erdbeeren und Coca-Cola. Sie bringen die Sachen ins Haus, kommen wieder rausgerannt, rufen Amalia noch was auf Romanisch zu, dann rennt Nino über den Platz dem Fluss zu.

Das Mädchen dagegen stoppt nach ein paar Metern und ruft: »Nino!«, danach macht sie eine Hundertzwanziggradkehre und kommt schnurstracks auf mich zu. Die Terrasse vom Engadinerhof ist etwas erhöht, und ich sitze ganz außen, bei der Mauer. Sie ist also etwa zwei Köpfe kleiner als ich, als sie sich vor mir aufpflanzt und mich provozierend ansieht.

»Hallo, Cora«, sag ich.

Sie zuckt zusammen, dann spielt ein Lächeln um ihre Erdbeerschnute. »Hallo, Robert.«

Mir entfährt ein kleines Kieksen, für das ich mich schäme, aber sie hört darüber hinweg.

»Was schreibst du da?«, fragt sie.

»Gar nichts, ich lese.«

»Was liest du?«

Ich klappe den Laptop zu. »Nichts mehr.«

Sie grinst. Und Nino stellt sich zu uns.

»Hallo, Nino«, sage ich.

Er sagt gar nichts, sondern sieht nur fragend zu Cora.

»Das ist Robert«, erklärt sie, ohne mich aus den Augen zu lassen. »Und was hast du gelesen? Lass mich raten: Hat es mit Toten zu tun?«

Diesmal kann ich das Kieksen gerade noch unterdrücken.

Nachdem ich mich erholt habe, frage ich: »Was macht ihr in unserem Stall?«

»Ach so, ist das jetzt eurer?«

»Natürlich, meine Eltern haben das Haus gekauft.«

»Das haben wir gehört. Aber macht ihn das zu ›eurem‹ Stall?«

Sie zeigt keinen Deut Unsicherheit. Mit gerade mal zehn. Das hat schon Klasse.

»Willst du sagen, er gehört euch?«

»Nein, ich will sagen: Gehört er überhaupt wem?«

Nino korrigiert sie. »Jemandem, es heißt jemandem.« Im Kontrast zu ihr wirkt er ziemlich nervös.

Sie wechseln ein paar Sätze auf Romanisch, was offensichtlich ihre Muttersprache ist.

Aber auch Coras Deutsch ist praktisch fließend. »Also, wem gehört der Stall?«, wendet sie sich wieder an mich.

»Sag du.«

Sie zuckt mit den Schultern. »Denen, die ihn benutzen. Den Tieren, die darin leben. Den Kindern, die darin …« Sie bricht ab.

»Die darin was?«

»Ist ja egal. Jedenfalls nicht bonzigen Städtern, die nicht mal wissen, wofür ein Stall gut ist.«

»Wir haben unsere Umzugskisten drin.«

»Na und? Wir haben auch Sachen drin.«

Ich werde hellhörig. »Wo? Und was?«

Nino versichert eilig: »Das meiste haben wir ja schon rausgenommen.«

Cora verdreht die Augen und sagt was auf Romanisch, ziemlich sicher: »Halt dich raus.«

»Jedenfalls würde ich sagen«, knüpfe ich wieder an, »ihr holt euer Zeug, und danach spielt ihr woanders.«

Cora lässt sich nicht so leicht beeindrucken. In aller Ruhe liest sie in meinen Augen und fragt: »Bist du sicher, dass es das ist, was du willst?«

Nein, ich bin ganz und gar nicht sicher. Oder besser: Ich bin mir sicher, dass ich es *nicht* will. Cora imponiert mir. Über Nino bin ich mir noch nicht im Klaren, doch vermutlich ist er ebenfalls nicht dumm, nur stiller. Er sieht permanent sehr nachdenklich aus, aber eben wie einer, der mit seinen Gedanken in einer ganz eigenen Welt ist. Mir fällt der Adlerhorst ein, vielleicht ist dort seine Welt.

Cora wartet immer noch auf Antwort. Die einzige, die mir einfällt, ist reichlich bescheuert. »Ja, das ist, was ich will. Nur schon aus Versicherungsgründen. Passiert euch was, hängen wir mit drin, und das kann schnell teuer werden. So reich, wie du vielleicht denkst, sind wir nämlich nicht.«

Nino sagt was zu ihr auf Romanisch.

»Was hat er gesagt?«

Cora grinst. »›Jedenfalls reicher, als du denkst.‹«

–

Ah, und jetzt sind Papa und Tilly zurück, das heißt, es gibt endlich Mittagessen.

Auf Wiederlesen, Frau Fröhlicher, schönes Wochenende!

Robert Lobinger, 1B.

7

Der Familienfluch

Guten Montag, liebe Frau Fröhlicher!

Das wird eine volle Mail. Vorgestern, Samstag früh, habe ich Papa ins Krankenhaus zur Eiseninfusion begleitet. Mama wollte das so, sie hat gesagt, wenn er kollabiert, baucht er jemanden, der ihm die Hand hält. Ich glaube, ich sollte vor allem verhindern, dass er wieder in einen Kaufrausch gerät. Scuol scheint etwas in ihm auszulösen. Erst das Auto, dann die Kettensäge, gestern kam er nicht nur mit einem elektrischen Häcksler wieder – als Überraschungsgeschenk für Mama, die sich ja jetzt dem Garten widmet –, dazu hatte er sich ein fünfteiliges Set Multifunktionswerkzeug plus einen (halten Sie sich fest) zweihundertvierundsechzigteiligen Werkzeugkoffer gekauft. Plus einen Hochdruckreiniger mit Dreißigmeterschlauch. Für Robbie und mich ein Päckchen

Bazooka-Kaugummi (zum Teilen), weil der ihn an seine Kindheit erinnert hat.

Wo war ich? Jedenfalls hat Mama erstens befohlen, dass wir den Bus nehmen, nicht das Auto, zweitens, dass ich dafür sorge, dass wir nicht bummeln, sondern gleich wieder zurückfahren. Was ich ihr auch versprochen habe. Mein Gefühl bei diesem Ausflug war ein bisschen komisch, mir ist da erst aufgefallen, dass ich fast nie mit Papa allein bin.

Auf der Hinfahrt haben wir gesmalltalkt: Papa wollte wissen, ob ich die Stadt vermisse, meine Kolleginnen, die Schule. Ich meine, wer fragt schon, ob man die Schule vermisst! Sie vermisse ich, Frau Fröhlicher, aber nach Ihnen hat er nicht gefragt. Stimmt, ich hätte *ihn* fragen sollen, ob er Sie vermisst, ha! Aber wie immer in der letzten Zeit war Papa gar nicht wirklich da, sondern hat nur was abgespult, was ihm, wie Robbie meint, sein Über-Ich diktiert. Ich habe nicht gewusst, was das heißt, aber Robbie hat es mir erklärt: »Er läuft auf Autopilot, und das Programm dazu haben vor fünfzig Jahren Oma und Opa geschrieben.« Alles klar. Aber Mensch, so alt ist Papa schon!

Dann waren wir in Scuol und nach allerhand Gekeuche, weil es zum Krankenhaus steil hochgeht – jedenfalls, wenn man den Umweg nimmt, den wir gegangen sind, weil Papa unbedingt eine Abkürzung nehmen wollte –, auch im Behandlungszimmer. Papa sollte sich hinlegen, ich durfte in den Arztstuhl, der drehbar ist und Rollen und eine ultraflexible Rückenlehne hat, so dass ich super Achterbahn spielen konnte.

Dann kam die Ärztin, ich musste den Stuhl wieder abgeben und bekam einen Hocker, von dem ich erst fast wieder runtergefallen bin, so schwindlig war mir vom Achterbahnfahren. Übel war mir auch. Papa hatte sich längst wieder aufgesetzt, aus Angst, ich schlage irgendwo an, und als die Ärztin reinkommt, mustert sie uns verwundert und sagt: »Ein Gesicht käsiger als das andere! Wer kriegt denn nun die Infusion?«

Dabei hat sie ganz genau gewusst, wer sie kriegt. Obwohl es nicht die gleiche Ärztin war, die Papa in den Tagen davor behandelt hat, sondern eine, die eigentlich Ferien hat und nur schnell ins Krankenhaus gekommen ist, um ihre Arztklamotten aus der Wäscherei zu holen, weil sie noch was auslassen wollte.

»Die Hosenbeine sind zu kurz, sehen Sie? Ich habe eben so lange Beine.«

Und als sie entdeckt hat, dass Papa auf der Patientenliste steht, ist sie gleich dageblieben. Obwohl sonst kein Mensch während einer Infusion von Ärzten betreut wird. Aber sie ist ja so Fan von ihm und be-geis-tert von seinem letzten Buch und wollte ihn unbedingt, un-be-dingt!, kennenlernen.

Mit anderen Worten: Ich hätte gar nicht mitgehen müssen. Papa war an dem Tag ihr Exklusivpatient, und sie ist die ganzen zwei Stunden, solange das Eisen rübergebeamt wurde, bei ihm geblieben.

Sie hat mir auch angeboten, dass ich mich vom Acker mache und »Scuol erobere«, aber eine innere Stimme hat mir gesagt, dass Mama davon nicht begeistert wäre. Also habe ich gelogen und gesagt: »Ich will Ärztin werden«, und Papa hat gesagt: »Ich bin sicher, die Frau Doktor ist eine großartige Lehrmeisterin«, was doppelt cool war, weil sie mich jetzt nicht mehr so einfach links liegen lassen konnte und ich sie unterbrechen durfte, wann immer ich wollte, um so bescheuerte Fragen zu stellen wie: »Irre ich mich, oder tropft es jetzt ein bisschen schneller?«, oder: »Wenn Sie die Hosen auslassen, haben Sie dafür besondere Hygienevorschriften? Ich meine, der Hosensaum schrammt ja auch mal am Boden oder an den Schuhen, und da tummeln sich bestimmt so allerhand Bakterien.«

Aber das habe ich nur am Anfang gemacht, nachher wurde ihr Gerede viel zu interessant, als dass ich es hätte unterbrechen wollen. So interessant, dass ich mir aus dem Drucker ein Blatt Papier geschnappt und Notizen gemacht habe. Habe ich Ihnen eigentlich mal erzählt, dass ich letzten Sommer, als wir in St. Moritz Wanderferien machen wollten und die ganze Zeit ein Kotzwetter war mit Regen und Schnee und Hagel und Graupel und was noch allem, dass ich da von Oma Stenographie gelernt habe? So langweilig können Ferien sein! Aber jetzt war ich froh drum.

Und zwar ging es um Papas letztes Buch. A ist die Ärztin, P ist Papa, ich bin ich.

A: »Ein gutes Buch zu schreiben, ist ja schon eine Kunst. Aber eines zu schreiben, das so den Nagel auf den … Ich kann nur sagen, wow!«

P: »Danke.«

A: »Ich kann nur hoffen, dass ganz, ganz viele Eltern es lesen, und nicht nur Eltern. Es geht ja nicht nur um Familie, es geht viel weiter …«

P: »Mag sein, in gewissem Sinn.«

Ich: »Worum geht es denn?«

P: »Na, um Intimität, Tilly, das weißt du doch wohl inzwischen.«

A: »Du hast ja ein solches Glück mit deinem Papa.«

P: »Hast du gehört, Tilly? So furchtbar bin ich vielleicht doch nicht.«

A (kichert überkandidelt): »Scherzkeks, dein Papa ist ja ein solcher Scherzkeks! Nein, im Ernst, wenn alle Kinder …«

Ich: »Ja, ja. Aber meine Lehrerin Frau Fröhlicher sagt immer: ›Ein Buch hat nicht eine Wahrheit, ein Buch hat viele Wahrheiten. Es ist der Leser oder die Leserin, die das Buch machen.‹ Verstehen Sie? Man kann alles Mögliche in einem Buch lesen.

Und ich bin ja schon neugierig, wie Sie Papas Buch beschreiben würden.«

P: »Ich würde das auch gern hören.«

A (läuft rot an): »Na ja., ich stelle mir immer Pflanzen vor. Die wollen ja nur eines: ans Licht. Stell dir vor, zwei Bohnenranken, ja? Wenn die ans Licht wollen, müssen sie sich irgendwo festhalten. Deshalb gibt man ihnen Rankhilfen. Wenn sie keine haben, ranken sie sich aneinander hoch, aber weit kommen sie nicht, dann flappen sie wieder runter. Wenn andersrum ein Baum, eine Eiche etwa, so richtig schön ans Licht wachsen will, geht das nur, wenn die nächste Eiche tüchtig Abstand hat. Die Eiche braucht Raum, damit sie groß und stark werden kann.«

P: »Ein sehr schönes Bild.«

Ich: »Wofür?«

P: »Was?«

Ich: »Ein schönes Bild wofür?«

P: »Na ja, ganz generell.«

A: »Moment, es geht noch weiter. Menschen können Bohnenranken sein oder Eichen. Wenn ich meinen Partner wähle, damit er mich festhält, mir

Sicherheit gibt, sind wir wie zwei Bohnenranken: eng verwickelt, aber wirklich in die Höhe wachsen können wir nicht.«

P: »Haargenau.«

A (wird wieder rot): »Sind wir aber starke Eichen, eine hier, eine dort, brauchen wir den anderen nicht, um zu wachsen, sondern können uns ganz zweckfrei darüber freuen, dass er da ist. Dass wir da drüben noch eine zweite prächtige Eiche sehen. Punkt.«

Ich: »Aha.«

P: »Im Fachjargon heißt das Verschmelzung und Differenzierung.«

A: »Ich weiß, das steht im Buch.«

P: »Ja, das habe ich Tilly gesagt.«

A: »Ein sehr schöner Name übrigens: Tilly.«

Ich: »Seit wir Englisch haben, nennen sie mich Silly Tilly.«

P: »Wer nennt dich so?«

Ich: »Ist doch wurscht. Ich will immer noch Intimität begreifen.«

P: »Ach richtig. Bitte, Frau Doktor.«

A: »Etwas peinlich ist es mir ja schon ...«

P: »Das, Tilly, ist Intimität.«

A (wird schon wieder rot): »Stimmt. Wenn ich mich zeige, wie ich bin, offen, ehrlich, ungeschützt, dann ist das Intimität. Die meisten Leute sind dafür zu unsicher, sie zeigen sich so, wie sie glauben, dass der andere sie sehen möchte. Weil sie gern unentbehrlich wären. Und finden den anderen super, weil sie denken, es tut ihm gut, wenn sie ihn super finden. Am liebsten sind sie in allem gleicher Meinung, dann nennen sie sich Seelenverwandte.«

Ich: »Das ist doch auch schön.«

A: »Klar, nur stimmt es auch? Oder halte ich meine Meinung zurück, weil ich Angst habe, dass der andere eine andere hat und mich dann vielleicht nicht mehr liebt?«

Ich: »Wenn der andere wiederum haargenau gleich tickt wie ich, ist das ja sterbenslangweilig!«

A: »Ja, das empfindest du so, weil du einen so tollen Vater hast, der Intimität in der Familie praktiziert.«

P (wird rot).

Und ich verliere langsam die Geduld. »Intimität in der Familie bedeutet also …«

A: »Richtig. Intimität in der Familie bedeutet, dass man offen miteinander ist. Sich verletzlich zeigt. Nicht immer cool sein will. Weil Kinder ihre eigene Verletzlichkeit nur annehmen können, wenn die Eltern es ihnen täglich vormachen. Aber wem sag ich das?«

P: »Ich glaube, jetzt tröpfelt es wirklich schneller. Ist das normal?«

A (überprüft den Tropf): »Alles bestens. Wie fühlen Sie sich?«

P: »Wie neugeboren.«

A: »Wahrscheinlich sind Sie einfach ein Mensch, der Eisen schlecht speichert. Am besten kontrollieren wir das regelmäßig.«

P: »Wie regelmäßig?«

A (wird rot): »Vierteljährlich? Oder nach Bedarf. Am besten gebe ich Ihnen meine direkte Nummer. Und wann kommt ihr neues Buch?«

P: »Erst mal bauen wir ein Haus um, in Samartin. Dort möchte ich dann Workshops geben.«

A (glüht): »Zu Intimität?«

P: »Was sonst? Da kommt mir eine verwegene Idee.«

A (haucht): »Ich liebe verwegene Ideen.«

P: »Was halten Sie von einem gemeinsamen Kursangebot: *Intimität zwischen Arzt und Patient.*«

A (versinkt in seinen Augen): »Ärztin bitte.«

So weit meine Ausbildung in Intimität.

Während sie ihm zärtlich die Nadel rauszieht und ein Pflaster aufklebt, sage ich: »Mama wartet übrigens mit dem Mittagessen, wir sollten auf den Bus. Aber eine Frage hätte ich noch: »Kennen Sie eine gewisse Amalia Albert?«

Papa sieht mich verwundert an. »Sie müssen wissen, dass unser neues Haus viele Jahrzehnte im Besitz der Familie Albert war. Aber eine Amalia ist mir nicht untergekommen.«

»Dir muss ja auch nicht jede unterkommen, Papa«, sage ich spitzer als beabsichtigt.

Die Ärztin hustet, Papa sagt scharf: »Hüte deine Zunge, Fräulein.«

»War das nicht Intimität?«, sage ich unschuldig. Und wieder zur Ärztin: »Es gibt ein Gerede von einem Unglück, das die Familie getroffen hat, oder einem Fluch.«

Papa: »Wer redet?«

»Falsch, sie reden eben nicht«, korrigiere ich mich, »das ist ja der Ärger! Aber alle scheinen was zu wissen, nur wir nicht. Wissen Sie was?«

Die Ärztin schüttelt den Kopf. »An die Leute hier oben kommst du nicht ran.« Und zum Abschied fragt sie: »Willst du ein Schokolädchen?« Aber das wäre unter meiner Würde.

Ende der Notizen.

Noch ganz kurz aber, was wir am nächsten Tag gemacht haben. Es war ja Sonntag. Einfach mal gar nichts. Ich weiß nicht, ob das bei Lobingers überhaupt schon mal vorkam. Das heißt, mit dem Auto rumgegondelt sind wir, haben eine kleine Spritztour talauswärts über die Grenze gemacht, um zu sehen, wo wir da eigentlich gelandet sind. Haben an einer Tankstellenraststätte ein Eis gegessen und Almdudler getrunken. Danach sind wir wieder heim, haben vier Gartenstühle entstaubt und entschimmelt und uns in die Wiese gesetzt. In die Sonne. In die laue Bergbrise. Haben geschwiegen, bis auf ein genießerisches »O Mann« dann und wann oder Seufzer. Haben RUNTERGEFAHREN.

Mama und Papa haben erst ein ganzes Stück auseinander gesessen, aber nach einer Weile hat Mama ihren Stuhl näher an Papas gerückt, und wieder ein Weilchen später hat Papa Mamas Hand gefasst. Das war so schön und echt, ich hätte heulen können. Und Robbie hat die ganze Zeit mit Maja gespielt. Sie findet es herrlich, wenn man ihr Sachen ins Gras schmeißt, und sie muss sie suchen. Meistens findet sie ganz was anderes, man muss höllisch aufpassen, dass sie nicht reinbeißt. Aber sie quietscht und jauchzt dabei vor Vergnügen, und allein das ist so süß, dass man sich wundert, wieso manche Menschen glauben, das Leben sei nicht schön.

Ihre Tilly, 1A

8

Gefangen

Hallo, Frau Fröhlicher.

Papa hat ein neues Steckenpferd. Er zerdeppert keine Möbel mehr, er hübscht sie auf. Es geht um eine Reihe Küchenschränke oder Buffets, ehemals eitergelbe Teile mit ziselierten Glasscheiben und Arbeitsflächen aus so was wie Leder. Papa sagt, es ist Linol, aber ich tippe auf Pappe. Jedenfalls wollte er mich dazu verdonnern, ihm zu helfen, aber nach Ninos geheimnisvoller Bemerkung ist bei mir die Lust an der Schatzsuche wieder erwacht, und so sage ich: »Papa, Kinder müssen auch mal spielen.«

Papa: »Dann spiel eben Handwerker.«

Na schön, ich will nicht so sein. Allerdings rückt er die Schleifmaschine nicht raus, ich soll mit dem Glaspapier in den Ecken rumfriemeln und schmirgle mir im Nu die Fingerkuppen wund.

»Papa«, sag ich, »wenn Handwerker solche Arbeitsbedingungen hätten, wären sie am zweiten Tag krankgeschrieben. Ich brauche Handschuhe. Und einen Schleifklotz. und eine Raspel. Und ein gutes Messer.«

Verspricht er mir zu besorgen, solange soll ich ihm beim Streichen helfen. »Aber nicht schlampen. Mach's einfach wie ich.«

Nur zärtelt er ewig mit dem Pinsel auf demselben Fleckchen Holz herum, als wollte er den Schrank schminken und nicht streichen.

»Papa, so mache ich es ganz bestimmt nicht. Du hast keinen Druck auf dem Pinsel und keinen Schwung.«

»Was heißt das? Willst du Grünschnabel mir erklären, wie man Möbel streicht?«

»Was, soll ich jetzt Handwerker spielen oder nicht? Kein Profi sieht tatenlos zu, wie du Farbe vergeudest. So blättert es im Nu wieder ab. Hör zu: Der erste Anstrich geht kreuz und quer, und zwar mit Kraft. Du musst die Farbe richtig in die Poren pressen. Dann ziehst du mit dem Pinsel alles schön in Faserrichtung ab. Aber von oben bis unten durchziehen. Was natürlich heißt, dass du schnell arbeiten musst. Weil nach spätestens zehn Minuten die Farbe anzieht. Sobald sie matt wird, Finger weg. Das bedeutet: Rumpingeln ist nicht.«

Papa sieht mich baff an. »Ach so, Herr Oberlehrer. Und woher willst du das alles wissen?«

Dass ich in einem früheren Leben Malermeister war, würde er nicht schlucken, also sage ich: »Für so was gibt es Kindersendungen.«

Und als er danach den Pinsel wieder ansetzt, zuckt es ihm sichtbar in der Hand, es so zu versuchen. Aber er ist dann doch zu stolz dazu, jedenfalls, solange ich danebenstehe.

»Du wolltest doch spielen gehen«, brummt er.

Das lasse ich mir nicht zweimal sagen. Ich rufe Tilly, die auch keine Lust mehr hat, mit Mama Brennnesseln zu roden, und verschwinde mit ihr in den Stall. Den haben wir nämlich noch nicht wirklich durchsucht.

Als Erstes nehmen wir uns den Viehstall vor. Wäre das Stallgebäude ein Wohnhaus, wäre der Viehstall quasi die Hausmeisterwohnung, so was zwischen Erdgeschoss und Keller. Das hat auch damit zu tun, dass der gesamte Kasten in den Hang gebaut ist. In den Viehstall kommt man vom Heustall her über eine bessere Leiter, aber die Kühe oder Schafe oder Pferde kamen natürlich direkt von draußen rein, über ein altes, schiefes Tor voller eingeschnitzter Namen. Sieht aus, als hätten sich da die Knechte verewigt. Dahinter liegt ein finsterer Flur, rechts geht es zu den Ställen, links in die Keller unterm Wohnteil. Das sind Gewölbe entweder ohne Fenster, oder die Fenster sind vernagelt. Der Boden ist gestampfter Dreck mit Steinen, und alles ist vollgestopft mit Abfall, Altholz, kaputten Fenstern und Landwirtschaftsgeräten wie Karren, Seilen, Ketten, Heugabeln, Rechen. Wenn Sie mich fragen, wurde da über Jahrhunderte einfach alles hingeschmissen.

Wie sucht man in dem Müllhaufen einen Schatz? Wir haben erst mal die Bretter von ein paar Fensterlöchern abgerissen und so ein bisschen Licht gemacht, dann sind wir von Raum zu Raum und haben uns überlegt, wo wir einen Schatz verstecken würden.

Plötzlich, in einem der hintersten Gewölbe,

schreit Tilly: »Da!«, und zeigt an die Wand. Da funkelt es nämlich verdächtig. Nein, Funkeln wäre zu viel gesagt, aber alles ist voller weißer Kristalle.

»Sind das Diamanten?« Vor Ehrfurcht flüstert sie.

»Keine Ahnung.« Ich berühre behutsam die weißen Wucherungen, und sie bröckeln unter meinem Finger gleich weg. »Diamanten wären viel härter. Sieht mehr wie Salz aus. Schade.« Ich lecke den Finger ab.

»Tu das nicht!«, ruft Tilly.

Aber es ist tatsächlich nur Salz.

Wir ziehen weiter, öffnen hier und da eine Kiste oder Truhe, alles ohne Erfolg. Dann ist es wieder Tilly, die was findet. Eine schwere Eisenkette ist mit einem Ring an der Wand festgemacht, das andere Ende liegt am Boden. Sie will zum Spaß dran ziehen, aber die Kette liegt nicht einfach nur da, sie ist irgendwie im Dreck verankert und lässt sich auch nicht rausziehen. Wir graben mit Stöcken und entdecken eine Art Falltür. Die Kette ist quasi der Griff.

»Donnerwetter.« Ich will die Falltür öffnen,

aber sosehr wir auch an der Kette zerren, sie rührt sich nicht. »Man müsste mit einem Stemmeisen dahinter«, sage ich, und das nehmen wir uns auch vor.

Aber zuerst wollen wir noch hinauf in den Heustall, wir stehen nämlich gerade vor der besseren Leiter. Oben ist wieder eine Falltür, die können wir aber hochstemmen. Mit lautem Knall kracht sie auf, Staub wirbelt hoch, und als wir durch die Luke auf den Heuboden steigen, sieht es im Schober aus wie im Märchen: Die pralle Sommersonne scheint durch die Ritzen und hängt in der staubgetränkten Luft wie blendend weiße Sprossen – eine Art Himmelsleiter.

»Da raufzuklettern bis zuoberst, das wär was«, sage ich.

Worauf Tilly rüber zur Seilwinde zeigt. »Was Cora und Nino können, das können wir auch.«

Ich habe da so meine Zweifel, aber die behalte ich natürlich für mich. Fachmännisch untersuche ich den Mechanismus, den sie sich gebaut haben, die Schlingen und Gewichte, die Umlenkrolle. Klug gemacht, muss ich sagen, aber durchschaubar.

Bilde ich mir ein.

»Wir müssen das Gewicht hier hochziehen«, erkläre ich, und wir packen auch gleich an. »Doppelter Weg, halbe Kraft. So, wenn wir jetzt das Seil umhängen und ich in die Schlaufe steige, gondle ich gemütlich wie im Fahrstuhl ...«

Denkste, das Gewicht saust runter, ich sause hoch. Auf halbem Weg gibt es einen heftigen Ruck, vor Schreck lasse ich das Seil los, gleichzeitig rutsche ich mit dem Fuß durch die Schlaufe, kippe und hänge gleich darauf wie ein Stück Schlachtvieh, Kopf nach unten, im Leeren.

Ich höre, wie Tilly unter mir sagt: »Auweia.«

»Was ist passiert?«

»Keine Ahnung.«

»Kannst du irgendwo ziehen und mich runterlassen?«

»Nein, du bist am einen Ende, das Gewicht ist am anderen. Ihr seid beide viel zu hoch, ich komme da nicht ran.«

»Wo ist denn das Gewicht?«

»Ich würde sagen, drei Meter unterm Dach. Und du drei Meter überm Boden.«

»Komisch, ist irgendwie nicht logisch. Als Nino den Lift benutzt hat …«

Aber Tilly will nicht warten, bis ich fertig gedacht habe, sondern schleppt einen langen Pfahl herbei und stupst mich an. »Vielleicht kannst du daran runterklettern.«

Runterklettern eher nicht, der Pfahl balanciert ja auf seiner Spitze, und Tilly ist nicht eben ein Kraftbolzen. Aber immerhin schaffe ich es, mich so weit daran hochzuhangeln, dass ich aufrecht in der Schlaufe sitze. Wenn ich mich mit einer Hand am Seil festhalte, mit der anderen auf den Pfahl stütze, bleibe ich mit etwas Glück im Gleichgewicht.

Noch mal studiere ich den Mechanismus und gestehe mir endlich ein, dass ich keinen Deut davon begreife. »Du musst Hilfe holen, Tilly, aber bloß nicht Mama oder Papa. Wenn Papa kommt, will er mich womöglich lossägen. Und Mama würde uns verbieten, je wieder im Stall zu spielen. Hol Nino.«

»Nino? Wo finde ich den?«

»Ich weiß es nicht, aber frag seine Großmutter.«

»Wie lange hältst du es denn da oben aus?«

»Keine Sorge, mir geht es gut. Nur das Bein wird allmählich taub.«

»Und wenn er in der Schule ist? Die Sekundarstufe ist in Strada, glaube ich.«

»Ist er nicht, hier sind schon Ferien.«

»Woher weißt du das?«

»Deshalb haben wir doch diese Hausaufgabe. Frau Fröhlicher hat gesagt: ›Wenn ihr vor Ende des Schuljahrs hochzieht, sollen die Kinder aber noch für die letzten zwei Wochen oben in die Schule.‹ Hier waren aber schon Ferien, also hat sie uns diese Berichteschreiberei aufgebrummt.«

»Hab ich nicht mitbekommen. Also, dann renne ich jetzt los. Brauchst du noch was?«

»Nein.« Da wusste ich noch nicht, dass mein Handy unten liegt. Das hätte mich abgelenkt. Es hat nämlich ganz schön gedauert, bis die drei gekommen sind.

Tilly: »Ich hab Glück gehabt, ich bin im Dorf direkt in sie reingelaufen.«

»Und was habt ihr dann so lange gemacht?«

»Diskutiert. Sie wollten gerade ein Eis kaufen

gehen. Aber ich habe sie überredet, dass sie erst mitkommen, dafür spendieren wir ihnen nachher eins.«

»Hättest du sie erst ihr Eis kaufen lassen, wärt ihr schon lange da.«

»Nein, sie wollten zum Zoll.«

»He, ihr zwei«, ruft Cora von oben, »sollen wir Robert jetzt runterholen, oder wollt ihr erst noch fertig streiten?«

Ich entdecke sie direkt unterm Dach, sie sitzt über der Seilwinde auf dem Balken, Nino steht auf halber Höhe auf dem Heuboden. Keine Ahnung, wie sie so schnell da hochgekommen sind.

»Nein, legt bitte los.«

In der nächsten Sekunde hängt Cora am Seil und klettert daran runter wie ein Äffchen. Als sie auf Ninos Höhe ist, bringt sie das Seil in Schwingung. Ich kann mich gerade noch rechtzeitig ans Seil klammern, der Pfahl kracht zu Boden. Tilly schreit, es ist aber nichts passiert. Cora schaukelt immer heftiger, bis es Nino gelingt, ihr Bein zu fassen, er zieht das Seil, an dem Cora und ich wie zwei Früchtchen hängen, zu sich, macht einen kräftigen Ruck daran und löst oben irgendwas. Sofort kutschieren Cora und ich ganz gemütlich runter. Im selben Augenblick, in dem oben mit leisem »Kling« das Gewicht anschlägt, berührt mein Fuß den Boden. Nicht der taube, der andere.

Inzwischen hat sich auch Nino ans Seil gehängt und ist daran runtergeklettert, danach sichern er und Cora das Seil, während ich mich aus der Schlaufe befreie.

»Jetzt weg bis zur Wand«, befiehlt Nino schließlich, ich humple, gestützt von Tilly, rüber, und auf »Ün, duos, trais« lassen die beiden das Seil fahren. Das Gewicht saust nieder, kracht auf den Holzboden, dass es splittert, eine Staubwolke wie von einer Explosion wallt auf und erfüllt den ganzen Schober. In der tiefgoldenen Nachmittagssonne ist das Märchen jetzt noch viel malerischer.

Während ich mein Bein massiere, das jetzt, da das Blut wieder einschießt, aasig wehtut, zeigt Cora hoch in den Adlerhorst und sagt: »Das dort oben ist nichts für Anfänger.«

Ich will nicht widersprechen.

So war das. Der Schmerz ging zum Glück

schnell weg, und wir sind zu viert runter zum Zoll. Nino und Cora wollten wissen, ob wir nach den Ferien in ihre Schule kommen, wir haben ihnen die Sache mit dem Homeschooling erklärt und erfahren, dass sie tatsächlich in Strada in die Schule gehen. Nino kommt in die erste Sek, Cora in die fünfte Primar.

Tilly in ihrem Überschwang wollte gleich Mama bitten, Nino mitzuunterrichten, dabei will der das gar nicht. Sie leben auch nur während der Touristensaison bei ihrer Großmutter in Samartin, weil ihre Eltern so lange im Oberengadin arbeiten, sonst sind sie in Ramosch. In der Wohnung, die sie sommers und winters an Feriengäste vermieten. Eben in der Touristensaison.

Alles klar.

Als wir schon fast beim Zoll waren, konnte ich noch fragen, ob es Zufall ist, dass ihre Großmutter – die sie Nona nennen – als Mädchen Albert geheißen hat oder ob sie mit unseren Alberts verwandt ist.

Cora und Nino haben sich angesehen, dann sagt Cora: »Doch, sie ist mit ihnen verwandt.«

»Aber wieso behauptet dann dieser Demian, er sei der Alleinerbe?«

»Nicht Alleinerbe«, korrigiert mich Tilly, »Haupterbe.«

Und Cora erklärt: »Demian ist der Sohn vom alten Albert, die Nona war nur seine Enkeltochter. Ich glaube, sie hat das Häuschen geerbt, in dem sie jetzt lebt.«

Während ich noch Mühe habe, Ordnung in meinem Kopf zu schaffen, ruft Tilly: »Logisch, und Cristiana ist ihre Mutter.«

Ich: »Oder vielmehr war. Offensichtlich ist sie ja tot, sonst hätte sie ebenfalls geerbt.«

Nino und Cora wechseln wieder Blicke, bestimmt wundern sie sich, was wir alles wissen. Inzwischen stehen wir vor dem Softeis-Maschine.

»Tot oder verschollen«, sagt Cora, »man weiß es nicht. Die Nona redet nicht darüber. Was ist, kriegen wir jetzt unser Eis?«

Wir lassen das Eis raus, und kaum halten sie es in den Händen, sind sie weg. Ohne Gruß.

Tilly kichert. »Ich mag die beiden.«

»Ich glaube nicht, dass sie uns mögen.«

Wir lassen uns ebenfalls Eis raus und wollen uns gerade auf den Heimweg machen, da ruft der lockige Zöllner uns nach: »He, ihr! Kommt mal in den nächsten Tagen vorbei, ich hab was für euch!«

Robert Lobinger, 1B

9
Ein Kind, das keiner will

Liebe Frau Fröhlicher, gestern hatte ich Frauentag. Erst durfte ich mit Mama und Maja nach Scuol, mit dem Auto, Großeinkauf. Auf der Hinfahrt hat Maja geschlafen, ich konnte vorn sitzen, und Mama hat haargenau das Gleiche gefragt wie Papa letzten Samstag: Ob ich die Stadt vermisse. Ob ich die Kolleginnen vermisse. Ob ich die Schule vermisse.

Dann hab ich sie gefragt: »Was vermisst denn du am meisten?«

Mama hat getan, als müsste sie sich auf die Straße konzentrieren, dabei hab ich gesehen, dass sie sich in Wahrheit Mühe gibt, nicht zu weinen. Irgendwann sagt sie leise: »Meinen Mann.«

Puh, das ging mir unter die Haut.

»Ja, ihr seid schon besser miteinander ausgekommen. Aber ist das nicht nur Überforderung?«

»Mag sein. Aber was, wenn die Überforderung nicht nachlässt? Dazu kann ich mir sehr gut vorstellen, dass er die Überforderung extra sucht, weil er nämlich …« Sie redet nicht weiter.

»Was denn?«

»Weil er sich ablenken will. Weil er sich mit mir langweilt. Er ist in einem Alter, in dem die Männer es noch mal wissen wollen.«

»Was wissen wollen? Ich verstehe nur Bahnhof.«

Sie schüttelt den Kopf. »Ach, nichts.«

»Meinst du, er will noch mal eine Familie gründen? Wie Sams Papa?«

Sam ist Samantha, meine gewesene Banknachbarin, Sie kennen die Geschichte ja sicher.

»Ja, zum Beispiel.«

»Aber ihr habt doch jetzt Maja!«

»Klar, und wir haben Robert und dich, was Besseres kann man sich nicht wünschen. Das weiß er auch. Deshalb kauft er ja lieber ein Haus. Kein Haus, eine Bruchbude.«

Ich begreife allmählich. »Wenn er immer überfordert ist, baut er irgendwann einen Unfall. Ist er unterfordert, sucht er sich ein neues Abenteuer. Dann aber vielleicht nicht mehr mit uns.«

»Ich hoffe ja, dass er nicht so dumm ist. Aber auch Männer haben ihre Menopause, und er ist in dem Alter. Weißt du, was die Menopause ist?«

»Klar, man schwitzt wie verrückt und kann nicht mehr schlafen. Unsere Turnlehrerin Frau Wyss ist so ein Fall. Das machen die Hormone.«

»Ja, und die können auch machen, dass der Verstand mal kurz aussetzt.«

Mir bleibt der Mund offen stehen. »Du denkst, der Hauskauf war so ein Aussetzer? Warst du nicht selber dafür?«

»Ja, weil er so geglüht hat! Er war begeistert wie ein kleiner Junge, so habe ich ihn seit zwanzig Jahren nicht gesehen.«

»Als er von dir so begeistert war?«

Sie nickt stumm.

»Und das macht dir Angst. Weil du denkst, nächstes Mal ist er vielleicht wieder von einer Frau begeistert, nicht von einem Haus.«

Sie sieht mich verwundert an. »Mensch, was du schon alles begreifst.«

»Ich bin auch die Tochter von einem Psychotherapeuten.«

Wir erreichen Scuol, Mama fährt in die Coop-Garage.

Bevor wir aussteigen, sage ich noch: »Ich verspreche dir jedenfalls, die Augen aufzuhalten. Und kleiner Tipp: Wenn er mal wieder ins Krankenhaus muss, begleitest du ihn besser. Ich passe so lange auf Maja auf.«

»Wie du meinst«, sagt sie fahrig, wahrscheinlich ist sie in Gedanken schon beim Einkauf. Und ich tue den Teufel, darauf rumzureiten.

Coop hat Spaß gemacht. Mama hat zwei Einkaufswagen turmhoch mit Zeug gefüllt, ich bin mit Maja in einem dritten durch die Gänge geflitzt, bis wir vom Filialleiter einen Anpfiff kassiert haben.

Ich: »Sie vergraulen gerade Ihre Kundschaft von morgen.«

Er: »Was nützt mir die Kundschaft von morgen, wenn ihr mir vorher den Laden zerlegt?«

Wo er recht hat, hat er recht.

Irgendwann hatte Maja Hunger, Mama hat sich zum Stillen in eine schummerige Ecke gesetzt, ich habe das Schwarze Brett studiert. Da gab es einen Teppichschäumer für fast kein Geld, einen Obstpflücker und junge Kätzchen. Jedes Mal bin ich zu Mama gerannt und habe gefragt: »Wollen wir nicht? Sollen wir nicht? Dürfen wir nicht?«

Aber Mama hatte ihren Kaufrausch schon ausgelebt. »Eine Putzhilfe können wir gebrauchen, wenn sie nicht zu teuer ist. Und jemanden, der uns die Bäume schneidet. Ich glaube aber, die schneidet man erst nach der Ernte.« Deshalb gab's wohl dafür keine Angebote.

Dafür das: »Unterhalte mich mit Ihnen auf Romanisch. Auch für Anfänger. Zehn Franken die Stunde. Nur in den Sommerferien.« Es folgte eine Festnetznummer und: »Cora verlangen.«

Daneben das: »Spalte Holz. Staple auch. Zehn Franken die Stunde. Nur in den Sommerferien.« Dieselbe Nummer und: »Nino verlangen.«

Interessant. Die Nummer habe ich mir mal aufgeschrieben.

Die Rückfahrt war dann eine Tortur. Ich musste hinten bei Maja sitzen, was auch nichts genützt hat, sie hat die ganze Fahrt über geschrien. Wahrscheinlich war ihr übel. Mir auch, weil ich dauernd mit ihr spielen oder jedenfalls an ihr rumtütteln musste. Mir wird nur nicht schlecht, wenn ich beim Fahren aus dem Fenster sehen kann.

Dafür hat Mama mich dann beim Aussteigen ganz fest umarmt und gesagt: »Egal, was noch kommt, Mathilda, eine Tochter zu haben wie dich, ist allein schon das größte Glück. Und das kann mir keiner nehmen.«

So was hört man ja gern.

Aber genug gesülzt. Zum Mittagessen gab es Hühnchen vom Coop-Grill und sogenannte Partybrötchen, das sind einfach viele Brötchen zusammengepappt, von denen man sich eines abbrechen kann. Und Himbeersirup mit Sprudel. Als wir noch in der Stadt gelebt haben, gab es das immer samstags, weil Samstag Einkaufstag war und keine Zeit zu kochen. Herrje, das sage ich, als wär's in einem anderen Leben gewesen, dabei ist es gerade mal zehn Tage her. Jedenfalls war das Hühnchen von Coop gestern ein Stück Heimat.

Am Nachmittag hat Robbie Papa geholfen, einen verleimten Linoleumboden rauszureißen und den Riemenboden darunter abzuschleifen, Mama hat sich mit Maja hingelegt, und ich bin durchs Dorf gestrolcht.

Offen gestanden habe ich vor allem gehofft, ich treffe Cora. Ihre Anzeige hatte irgendwas mit meinem Kopf gemacht. Davor war sie in meinen Augen wie ein Tier gewesen, etwas Wildes jedenfalls, das mal da ist und gleich wieder weg. Jetzt weiß ich, man kann sie buchen, und dann kommt sie. Wie ein Babysitter. Das hat mich durcheinandergebracht. Nicht dass ich zehn Franken die Stunde ausgeben würde, aber vielleicht ist sie für Kinder ja billiger. Und vor allem wollte ich sie wiedersehen, weil ich dachte, womöglich ist sie gar nicht so anders wie andere, und wir können irgendwie Freundinnen werden.

Nachmittags brennt die Sonne ganz schön heiß, und das Dorf war menschenleer. Sogar am Zoll, wo ich mir schließlich ein Eis geholt habe, war keiner. Das hat mich auf komische Gedanken gebracht. Dass, wenn ich hier tot umfalle, mich vielleicht keiner findet, ehe ich vertrocknet und schrumpelig bin wie ein toter Regenwurm. Und was wohl ist, wenn eine Lawine kommt oder ein Haus abbrennt, wer denn dann hilft, weil man ja im Dorf fast nur alte Leute und Kinder sieht.

Dann habe ich mir gesagt: Tilly, entweder gehst du jetzt wieder hoch und hast für den Rest des Tages schlechte Laune, oder du machst wenigstens den Versuch, Cora zu sehen. Gehe zu ihrem Haus und will schon klingeln, da höre ich, wie sie drinnen singen. Ich öffne ein ganz klein wenig die Tür, um zu lauschen, dann schleiche ich mich rein. Weil, was ich höre, einfach zu schön ist. Stehe in einem winzigen düsteren Flur, es stinkt nach Abfall, Klo und abgestandener Luft. Aber durch die angelehnte Zimmertür höre ich eine Frau singen, wie ich noch nie was gehört habe. Keine Ahnung, wie ich Ihnen das beschreiben soll! Der Text war ziemlich sicher romanisch, die Melodie war sonderbar, oder vielleicht auch nur die Art, wie sie gesungen war. Es war gar nicht mehr wie Musik, sondern viel mehr. Ich habe beim Zuhören einen großen, leuchtenden Mond vor mir gesehen und mich gefühlt wie in einen dicken, warmen Pelz gehüllt. Oder sogar wie in einer

Höhle, beschützt von einer mächtigen, gutmütigen Bärin.

Plötzlich ist das Lied vorbei, ich höre Cora reden. Ich glaube, sie sagt den Liedtext auf. Eine schnarrende alte Frauenstimme korrigiert was, danach singt es wieder mit dieser anderen, gewaltigen Stimme, und schon nach ein paar Tönen geht wieder der Mond auf. Dann singt Cora nach. Sie singt auch schön.

So geht es weiter. Ich weiß nicht, wie lange ich da gestanden habe. Mit einem Mal rumpelt es drinnen, ich habe Angst, dass jemand rauskommt und mich entdeckt, also klopfe ich eilig an die Zimmertür und rufe: »Hallo, ist da wer?«

Cora kommt raus, sagt etwas nach drinnen auf Romanisch, worauf sich ächzend jemand vom Stuhl erhebt, dann sehe ich die Nona durchs Zimmer gehen. Als Cora mich reinlässt, ist sie schon durch eine andere Tür raus. Ich glaube, dahinten ist die Küche.

Im Wohnzimmer, das winzig ist und zur Hälfte von einem wuchtigen Kachelofen verstellt, ist das Chaos nicht kleiner. Offenbar schlafen Nino und

Cora hier, denn zwei dünne Matratzen liegen auf dem Boden, und überall sind T-Shirts, Shorts und Unterhosen verstreut. Auf dem Tisch stehen noch Schachteln und Plastikverpackungen von sicher zwei, drei Mahlzeiten. Ich wusste nicht, dass man so leben kann, und frage mich plötzlich, ob es in der Chasa Albert vielleicht nicht nur so ausgesehen hat, weil das Haus verlassen war, sondern weil jemand so darin gelebt hat.

Cora blickt nicht eben freundlich.

»Ich hatte geklopft«, sage ich zur Entschuldigung.

»Das Haus hat eine Klingel.«

Noch mal lügen will ich nicht, also sage ich: »Ich habe deine Anzeige gesehen, im Coop in Scuol.«

Sie nickt und wartet.

»Das war ein sehr schönes Lied. Kann ich das auch lernen?«

Sie zuckt mit den Achseln. »Die Nona kennt viele Lieder.«

»Die Frau, die geredet hat, war das sie?«

Sie nickt.

»Und wer hat gesungen?«

»Na, auch sie.«

»Aber das war doch eine ganz andere Stimme! Die eine ist so tot, die andere … Ich habe einen Mond gesehen, und eine Bärin in einer Höhle.«

Cora nickt einen Tick freundlicher. »Ich sehe auch vieles, wenn sie singt.«

»Bringst du mir das Lied bei?«

Cora schüttelt den Kopf.

»Ich bezahle dich auch.«

»Ich darf von euch nichts nehmen.«

»Sagt wer?«

»Das ist einfach so.«

»Weil wir in dem Haus wohnen?«

Sie nickt.

»Das Eis hast du genommen.«

»Das war falsch.«

»Hat deine Nona früher in dem Haus gewohnt? War sie es, die den alten Albert gepflegt hat?«

Cora zögert, dann ruft sie etwas in die Küche rüber. Die Nona antwortet und kommt herausgehumpelt. Sie bleibt im Türrahmen stehen, eine Hand auf die Krücke gestützt, die andere am Türknauf. Es ist eine sehr alte, krumme Tür, das ganze Haus ist alt und krumm. Wie die Nona. Eine Weile sagt sie nichts. Vermutlich mustert sie mich wieder, aber es ist zu dunkel, um es wirklich zu sagen.

»Ja, ich bin dort aufgewachsen«, sagt sie endlich, wieder mit dieser knarrenden, toten Stimme.

Gleich schießen mir tausend Fragen durch den Kopf. Ich entscheide mich für diese: »War das Haus damals schon verflucht?«

»Ja.«

»Und wie lange waren Sie da?«

»Viel zu lange. Bis er tot war. Dann durfte ich gehen.«

»Sie reden von Pankraz, Ihrem Großvater?«

»Ja.«

»Wo war Demian?«

»Demian hat nie da gelebt, als ich da war. Er kam auch nicht zu Besuch. Er wusste, warum.«

»Warum?«

»Weil sein Vater böse war.«

»Wo war Ihr Vater? Ihre Mutter?« Ich frage richtig verzweifelt, weil die Beklemmung so groß ist.

Sie antwortet nicht.

»Ihre Großmutter?«

Erleichtert sehe ich, dass sie nickt. »Die Nona war da, aber nicht lange. Dann ist sie gestorben.«

»Wie alt waren Sie da?«

Die Nona sieht erst auf mich, dann auf Cora. Dann schüttelt sie den Kopf. »Kleiner.«

»Sechs?«, frage ich. »Vier?«

Sie nickt zögernd. »Vielleicht vier.«

»Wo waren Ihre Eltern?«, frage ich noch mal.

»Ich weiß es nicht. Fort.«

»Gestorben?«

Sie schüttelt ganz träge den Kopf. »Er hat gesagt, sie wollten mich nicht, deshalb sind sie fortgegangen. Er hat gesagt, auch die Nona wollte mich nicht, lieber ist sie gestorben. Niemand wollte mich. Nur er hat mich ausgehalten.«

Cora sagt etwas auf Romanisch zu ihr.

Es ist möglich, dass die Nona lächelt, sie deutet auch eine Bewegung an, als wollte sie Cora berühren, aber dann klammert sie sich doch weiter an der Tür fest. »Ich weiß«, sagt sie zu Cora, »inzwischen weiß ich das.« Und zu mir: »Die beiden Kinder haben einen Narren an mir gefressen.«

Gleich darauf wendet sie sich ab, sehr vorsichtig, sehr konzentriert, und humpelt zurück in die Küche.

»Ich muss jetzt auch gehen«, sage ich zu Cora, obwohl ich keine Ahnung habe, wie lange ich da war. Draußen sehe ich, dass noch immer heller Nachmittag ist.

Cora geht wie selbstverständlich mit mir. Nach einer Weile sagt sie: »Ich habe noch nie gehört, dass sie darüber redet. Ich hatte auch nie begriffen, dass es …« Sie bricht ab.

»… so schlimm war?«

Sie nickt. »Wie kann man sein Kind bei einem bösen Menschen lassen?«

Ich denke nach. »Vielleicht war er nicht immer böse. Vielleicht ist er so geworden, weil er überfordert war.« Dann erschrecke ich über meine Worte. Wie alt mag Pankraz Albert gewesen sein, als seine Tochter verschwunden ist? So alt wie Papa? Was macht die Überforderung mit einem Menschen? Wozu wäre Papa fähig?

Ich bin froh, dass Cora mich aus meinen Gedanken reißt.

»Ich kehre jetzt um«, sagt sie. »Ich schreibe dir das Lied auf. Aber du wirst dich wundern.«

Bevor ich Danke sagen kann, ist sie weg.

Und ich gehe jetzt auch.

Tschüss, Frau Fröhlicher!

Ihre Tilly

10

Auf Schatzsuche

Hallo, Frau Fröhlicher.

Vorgestern sind Papa und ich den ganzen Tag auf den Knien rumgerutscht und haben einen Fußboden abgeschliffen. Na ja, einen halben.

Dafür habe ich gestern freibekommen und bin gleich nach dem Frühstück runter zum Zoll. Der Grenzwächter, der übrigens Gian-Reto heißt, hat mich mit in die Kabine genommen, dort steht sein Computer.

»Du hast doch nach alten Deklarationslisten gefragt. Ich habe mich in Bern bei der Zollbehörde erkundigt. Es ist so, dass damals alles in Büchern stand. Als auf digital umgestellt wurde, war die große Frage, wie gehen wir jetzt mit dem analogen Zeugs um. Eine Weile wurde brav eingescannt, dann gab es aber einen Kostenstopp, und die übrigen Bücher sind in irgendeinem Kellerarchiv verschwunden. Für die drei Jahrgänge, die eingescannt wurden, habe ich aber den Link, und du kannst sie hier einsehen. Nur bei mir, nicht zu Hause, weil die Seite passwortgeschützt ist.«

Na, das war doch mal was!

Allerdings waren die Informationen brutal steinzeitlich aufgearbeitet. Keywords oder so? Fehlanzeige. Es war ein einziges, mehrere Tausend Seiten starkes PDF ohne Suchfunktion. Ich scrolle also zwei Stunden lang durch fast unleserliche Scans, bis ich endlich den Zollposten Samartin finde. Dann geht es dafür schnell. An fast jedem Tag taucht der Name »Albert« auf. Kaffee, Tabak, Saccharin. Vor allem Tabak. Ich weiß nicht, was seine Marge war, aber wenn wir davon ausgehen, dass er pro Ballen Ware auch nur gleich viel verdient hat wie die Träger, entsprach sein Gewinn pro Woche einem Arbeiterjahreslohn. Und das ist die vorsichtige Rechnung.

Zur Feier des Tages wollte ich Gian-Reto ein Eis spendieren, stattdessen hat er mir eins spendiert, unter der Bedingung, dass ich nicht weitersage, dass er mich auf die passwortgeschützte Seite gelassen hat. Was ich, autsch, auch versprochen habe. Sie sagen es ja nicht weiter, oder?

Dann bin ich zurück zur Bodenschrubbparty, habe das Kabel von Papas elektrischer Bürste gezogen und gesagt: »Wir müssen reden.«

Papa hat die Augen verdreht und gestöhnt: »Komm du mir nicht auch noch so.«

»Doch«, sag ich, »denn ich habe jetzt den Beweis. Pankraz Albert war reich, ziemlich sicher sogar stinkreich. Schmutziges Geld, aber legal verdient. Und offensichtlich nicht auf dem normalen Konto gelagert, sonst wäre nicht der Safe aufgebohrt und so weiter. Wenn wir das Versteck finden, kannst du dir deine Knieschoner vergolden lassen.«

Ächzend steht er auf und klopft den Staub aus den Kleidern. »Was will ich mit goldenen Knieschonern?«, fragt er, singt aber gleich darauf: »Wo die Not am größten, ist die Hilfe am nächsten«, bevor er mir wie beschwipst auf die Schulter haut und fragt: »Also, min Jung, wo fangen wir an?«

»Na ja, wenn du richtig viel Zaster verstecken müsstest, wo würdest du das tun?«

»Moment, so denken Laien. Die Frage ist: Wo

würde *er* das tun. Als Erstes müssen wir sein psychologisches Profil knacken. Was wissen wir von ihm?«

Tilly hat mir vorgestern natürlich alles brühwarm erzählt. »Wir wissen, dass er ein gescheiterter Familienvater war. Der Sohn zieht als Teenager weg und kehrt nicht wieder, dann haut auch die Tochter ab. Minderjährig, wenn ich die Datierung der Kinderzeichnungen hochrechne. Die Frau stirbt vor Gram. Die einzige Seele, die ihm bleibt, ist das ergo uneheliche Kind der Tochter, denn ohne Volljährigkeit keine Heirat. Nehm ich mal stark an. Auf dem Grabstein steht, seine Frau Erna ist 1961 gestorben. Hat er das Geld gescheffelt, um ihr eine teure medizinische Behandlung zu bezahlen? Aber die Zollunterlagen decken die Jahre 1955 bis 1957 ab. Eher unwahrscheinlich, dass jemand so lange schwer krank ist.«

»Möglich ist auch eine Ersatzhandlung«, sagt Papa, »eine Form von Frustbewältigung. Weil sein Privatleben unbefriedigend war, hat er einen Ausgleich gesucht. Oder er hatte ein teures Hobby.«

»Ja, nur welches? Bilder, Schmuck, Möbel?

Gefunden haben wir hier nichts, und hätte Demian nach dem Tod seines Papa in größerem Maßstab geerbt, wäre zu erwarten, dass er danach den Lebensstil ändert. Laut meinen Recherchen wohnt er aber seit 1975 im selben popeligen Reihenhaus in einem Außenquartier von Chur.«

»Wann ist der Pankraz noch mal gestorben?«

»1980.«

Papa denkt nach. »Vielleicht hat er das Geld gar nicht auf seinem Grundstück versteckt, sondern irgendwo anders.«

»Stimmt, er hat seiner Enkelin ein Häuschen im Dorf vermacht. Allerdings sagt Tilly, es ist winzig. Und wir reden hier von riesig vielen Geldscheinen. Es wurde ja alles in bar abgewickelt.«

Papa lacht laut raus. »Stell dir vor, wir finden das Geld, und es ist alles wertlos. Das wären doch uralte Scheine.«

»Hab ich auch schon abgeklärt. Die fünfte Notenserie, gedruckt 1956, ist inzwischen ungültig. Aber die sechste wurde 1976 gedruckt, da hat Pankraz noch gelebt. Und er wäre ja wohl klug genug gewesen, das Geld umzutauschen.«

»Oder es auf ein Konto einzuzahlen.«

»Möglich, aber dann hätte Demian es geerbt, und mein Gefühl sagt mir, dass er genau das vermeiden wollte. Immerhin hat Demian ihn übel im Stich gelassen.«

»Oder er hat es in Gold eingetauscht.«

»Das wäre immer noch ein großer Haufen.«

»Ja, aber nicht so groß, dass man es nicht etwa unter einer Treppe verstecken könnte.«

»Ha«, sag ich, »Treppe ist gut«, und wir ziehen endlich los. Von Stockwerk zu Stockwerk, Treppe zu Treppe. Klopfen, bohren, durchleuchten. Nix. Weiter in den Stall, da sind die Treppen allerdings nicht verschalt, haben also auch keine Hohlräume. Dafür entdecken wir, dass die gemauerten Futtertröge alle einen Holzboden haben, der hohl klingt. Klopfen, bohren, durchleuchten.

Währenddessen reden wir über Frauen. Oder anders gesagt: Papa hat das Bedürfnis, sich zu erklären.

»Du hast ja sicher gemerkt, dass zwischen deiner Mutter und mir, na ja, gewisse Spannungen herrschen.«

»Nein, wirklich?«

»Ach, hast du nicht? Ja, doch, leider ...«

»Papa, das war ironisch! Das hätten sogar die Hühner auf dem Misthaufen gemerkt, hätten wir Hühner auf dem Misthaufen.«

»Ach so. Was ich sagen wollte: Es gibt so Phasen im Leben ...«

Ich kürze ab. »Midlife-Crisis? Nein, ich würde den Ball flach halten. Ihr seid überreizt. Was ja auch verständlich ist: neues Baby, neues Zuhause, neue Rollenverteilung ... Dazu die finanzielle Unsicherheit ...«

Er sieht mich ganz überrascht an.

»Aber da müsst ihr durch«, erkläre ich. »Ein bekannter Psychotherapeut hat gesagt: ›Freunde, die sich nie streiten, trennen sich umso schneller. Die, die am meisten streiten, sind die, die am längsten zusammenbleiben. Streiten ist für eine gesunde Beziehung notwendig. Und das gilt für jede Art von Beziehung.‹«

»Klingt gar nicht dumm. Wer war das?«

»Mensch, du! Als in der Fünften dieser komische Roger mich von einem Tag auf den anderen nicht mehr kennen wollte, dabei waren wir vorher dickste Freunde. Kennst du deine eigene Sülze nicht mehr?«

»Sülze würde ich das nicht nennen, das war weise.«

»Siehst du, jetzt musst du nur noch dran glauben.«

Papa lacht. »Du wirst mal ein guter Therapeut.«

Ich winke ab. »War ich schon. In diesem Leben werde ich Schriftsteller.«

»Schriftsteller? Brotloser geht's nicht.«

»Na, dann Schatzsucher. Aber ich glaube ja, Geld wird überschätzt. Sieh dir den alten Albert an. Apropos, wo suchen wir als Nächstes?«

»Ich weiß nicht. Aber wo du ›Schriftsteller‹ sagst, fällt mir was ein, vielleicht hilft es uns weiter. Und zwar hat Charles Dickens eine Geschichte über einen schwer reichen Geizhals geschrieben, einen gewissen Scrooge. Er träumt, er sei mit einer schweren Eisenkette an sein Vermögen angekettet.«

»Kette ist gut«, sage ich. »Komm, ich zeige dir, was Tilly und ich entdeckt haben.«

Papa findet die angekettete Bodenluke so faszinierend wie wir. Er hat auch eine gute Idee, wie wir sie aufstemmen können. Er klemmt einfach die ultralange Deichsel eines Heuwagens unter die Kette und hebelt sie auf. Danach hält er sich allerdings die Rippen und röchelt wie ein angefahrener Hund. In unseren Spanienferien haben wir das mal erlebt.

Wie auch immer, die Falltür ist auf. Darunter gähnt Finsternis. Wer steigt runter? Leider ist die Öffnung zu schmal für einen Mann mit gebrochenen Rippen, Papa ist fein raus.

»Holen wir erst mal eine Lampe«, sage ich, um Zeit zu schinden.

»Schon da«, stöhnt Papa und zeigt in eine Wandnische, wo eine alte Baulampe liegt, quasi der Vorläufer der Taschenlampe: eine Stablampe mit Zehnmeterkabel, die Glühbirne wird von einem Stahlgitter geschützt. Wir stecken sie ein, sie brennt sogar. Wir lassen sie ins Loch runter und erkennen, dass es nicht allzu tief ist, sich aber auf eine Seite hin ins Nichts ausdehnt. Ich werde runtermüssen.

Das geht allerdings nicht ohne Rückendeckung, und Papa muss die Segel streichen. »Ich glaube, ich lege mich kurz hin«, ächzt er und schleicht ins Haus zurück.

Ich will ihm gerade nach, da höre ich oben im Heustall Geräusche. Ich hoch und entdecke Nino im Gebälk, er räumt auf. Den Lift hat er schon abgebaut, jetzt ist er dabei, einen Bretterverschlag aufzulösen, der wohl eine Art Baumhütte war.

»Eigentlich schade«, höre ich mich sagen, obwohl er nur macht, was ich verlangt habe.

Nino sieht kurz runter und arbeitet weiter. »Wir wollen nicht schuld sein, wenn ihr euch verletzt.«

Eine Weile sehe ich ihm zu, dann habe ich eine Idee. »Du bist doch ein guter Kletterer. Willst du mir was helfen?«

Er löst erst noch ein Brett, schlägt die Nägel raus und legt es zu den anderen, dann kommt er an die Kante. Die hat kein Geländer und ist sicher vier Meter hoch, aber er steht da wie ein Schwimmer auf dem Einmeterbrett. »Worum geht es? Ich habe nicht viel Zeit.«

»Um ein Loch. Dauert nicht lange. Unten im Viehstall.«

Nino schwingt sich über die Kante und springt zu mir runter.

»Das ist eine Zisterne«, sagt er, nachdem ich ihn zur Luke geführt habe, »da drin war Wasser für die Kühe. Was willst du denn da unten?«

Enttäuschend. »Bist du sicher?«, frage ich. »Könnte es nicht auch ein Geheimgang sein oder eine Schatzkammer?«

»Fängst du jetzt auch damit an?« Er schnappt sich die Stablampe und klettert runter. Der Raum ist so niedrig, dass sein Kopf noch über den Rand ragt.

Er bückt sich und verschwindet unterm Stallboden. »Ne, da ist nichts«, sagt er gleich darauf und kommt wieder hoch. »Nur Dreck und Steine. Wahrscheinlich ist die Bretterwand der Zisterne weggefault und die Wand eingestürzt. Holz hält ewig, solange es unter Wasser ist. Aber als der Zufluss gekappt wurde und Luft rankam, ist es vermodert.«

»Also kein Schatz. Bist du dir sicher?«

»Kannst ja mal graben, wenn es dir Spaß macht«, sagt er, drückt mir die Lampe in die Hand, klettert aus dem Loch und geht wieder an die Arbeit.

Enttäuscht schiebe ich den Deckel wieder ins Loch und gehe nach draußen, um mir anzusehen, wo früher das Wasser reingeleitet wurde. Diesmal habe ich lange Hosen und Gummistiefel an, das ist gut so, denn überall wachsen Brennnesseln und Himbeerstauden.

Das Wasser kam vom Dach, die Regenrinne führt in eine Leitung, die allerdings nur noch aus Bruchstücken besteht. »Mist, da hat Nino wohl recht gehabt«, denke ich verärgert und bahne mir durchs Gestrüpp einen Weg zurück, als ich unerwartet ausrutsche und hinfalle.

Im Dickicht verborgen ist eine Mulde oder Grube. Zum Glück wachsen darin keine Brennnesseln, sondern Sauerampfer und irgendwelche monströsen Blätter, zwischen denen ich mir vorkomme wie Gulliver im Land der Riesen. Die Mulde ist etwa drei Meter lang und führt von der Stallwand weg mitten in die Wiese. Die gehe ich kreuz und quer ab, doch außer Pferdeäpfeln, ein paar geknickten Butterblumen und einem Mäuerchen, das die Wiese wie eine Stufe abschließt, entdecke ich nichts. Auch das Mäuerchen ist nichts Besonderes, hier am Berghang findet man die überall. Hatten wir dieses Jahr in Geografie, Stichwort Terrassenlandwirtschaft.

Wozu diese Mulde?, frage ich mich. Wurde darin geschlachtet? Oder war es eine Art Laufstall für Hühner? Auch der Geheimgang will mir nicht aus dem Kopf, womöglich hat er ja einfach nur nach draußen geführt, oder von draußen nach drinnen. Weil vielleicht nicht nur legales Zeug geschmuggelt wurde, sondern etwa Drogen. Oder Menschen!

Grübelnd kehre ich ins Haus zurück und höre: Die Scheiße ist am Dampfen. Entschuldigen Sie den Ausdruck, aber alles drunter trifft es nicht.

Papa liegt flach, Mama tobt: »Was soll das werden, Selbstmord auf Raten? Wie blöd muss man sein, um mit zwei gebrochenen Rippen auf Schatzsuche zu gehen?«

Papa haucht: »Ich wollte dem Jungen eine Freude machen.« Dann muss er husten, danach hält er sich die Brust und winselt. »Da waren sie noch nicht gebrochen, das sind sie erst jetzt. Nehme ich an. Ich gehe gleich morgen ins Krankenhaus.«

Mama stutzt. »Schon wieder?«

»Zur Sicherheit. Es könnte ja auch das Herz sein.«

»Na schön, ich melde dich an. Ich komme aber mit.«

»Hier, das ist die Nummer der Ärztin.« Leidend kramt er einen Zettel aus der Tasche.

Mama liest. »Sonja? Hat sie auch einen Nachnamen?«

»Bestimmt.«

»Aber du kennst sie nur als Sonja.«

»Ich wusste nicht mal, dass sie Sonja heißt.«

Ich sehe noch, wie Mama mit dem Kissen ausholt und Papa prophylaktisch losschreit. Dann steht Tilly neben mir, zieht mich aus dem Zimmer und erspart mir so den Rest.

»Sieh mal!« Sie hält mir ein Papier hin.

Aber das will sie Ihnen sicher selber erzählen.

Tschüss also, Frau Fröhlicher!

Robert Lobinger, 1B

11

Die Bärenhöhle

Ach, liebe Frau Fröhlicher!

Der Tag gestern hat traurig angefangen. Dass unsere Eltern sich vorgestern gezofft haben wie zwei tollwütige Kaninchen (O-Ton Robbie), haben Sie ja schon gehört. Gestern früh dann war es gespenstisch still. Sie sind um sechs oder so aufgestanden und klammheimlich zusammen aus dem Haus, Maja natürlich mit. Ins Krankenhaus wohl. Nicht mal Frühstück haben sie uns hingestellt. Aber wir hatten auch keinen Hunger.

Dafür hat Robbie das Lied gegoogelt …

Moment, das muss ich ja erst noch erzählen. Cora war nämlich am Mittwochabend, nach unserem Besuch bei ihrer Großmutter, noch mal zu uns hochgestiegen und hatte mir den Text von dem Lied gebracht. Auf Romanisch und Deutsch. Den Text hab ich gleich gelernt, so ungefähr wenigstens, mit der Aussprache hapert's sicher noch, aber die Melodie hatte ich gleich wieder vergessen, obwohl Cora mir das Lied noch mal vorgesungen hat.

Aber ich war voll abgelenkt. Cora hat nämlich auch dieses gewisse Etwas in der Stimme. Wenn sie singt, höre ich nicht Musik, sondern höre, sehe und rieche alles Mögliche! Es hat nach Herbstlaub geduftet, und gehört habe ich das Knistern von Schneeflocken, wie sie auf der nackten Haut schmelzen. Voll crazy, oder?

Ach, übrigens habe ich Cora gefragt, ob sie ihre Nona nicht mal hochbringen will, damit sie uns die Chasa Albert erklärt, so, wie sie sie gekannt hat. Aber Cora hatte ihr den Vorschlag sogar selber schon gemacht, und die Nona hatte gesagt, nie im Leben würde sie dieses Haus noch mal betreten, und das einzig Richtige wäre, es würde abbrennen.

»Das Thema, Tilly!«

Richtig, Robbie hat dann also die Noten gegoogelt und seine Flöte rausgekramt, ich die Gitarre, danach haben wir zwei Stunden lang geübt. Jetzt können wir es ganz gut spielen. Was noch nicht geht, ist, dass ich schrumme und selber dazu singe.

Jetzt muss ich Ihnen aber endlich erzählen, worum es in dem Lied geht. Cora hatte mich ja vorgewarnt, erinnern Sie sich? Ich hatte eine Höhle gesehen und eine Bärenmutter, die mich wärmt, voll kitschig also.

Jetzt halten Sie sich fest. Das Lied heißt *Il silip e la furmia*. Auf Deutsch *Der Grashüpfer und die Ameise*. Und es geht so: Der schöne Grashüpfer sagt: »Ich will heiraten.« Darauf die Ameise: »Nimmst du mich?« Die beiden ab zum Altar, um die Ringe zu tauschen. Der Grashüpfer macht vor Freude einen Salto und stürzt, dass ihm das Hirn aus dem Kopf springt. Die Ameise reist übers Meer, um ihm Salbe zu holen. Nach Ostern bricht sie auf, zu Weihnachten ist sie wieder da. Nur ist der Grashüpfer schon längst tot und begraben. An seinem Grab weint die Ameise so bitterlich, dass ihr alle Knochen brechen. Tralali tralala.

Ist das krass, oder ist das krass?

Jedenfalls haben wir geübt, bis Mama und Papa aus dem Krankenhaus zurück waren. Sie waren immer noch stumm. Mama hat Maja auf den Rücken gebunden und ist mit ihr in den Garten. Ich den beiden nach, um irgendwas zu helfen. Mama rupft heulend Unkraut aus.

Ich: »Was kann ich tun?«

»Mir egal. Mich in Ruhe lassen.«

Schon heule ich fast auch. Ich streune so rum, sammle Pferdeäpfel in die Schubkarre, weil Mama gelesen hat, dass die gut für die Rosen sind, dann pflücke ich Blumen. Auf unseren Wiesen – zumindest da, wo die Ponys nicht gewütet haben – wachsen ja die abartig schönsten Blumen, und wir kennen noch nicht mal die Namen.

Jedenfalls pflücke ich einen Strauß und bringe ihn Mama.

»Da, für dich.«

»Tu's in den Eimer«, sagt sie, ohne aufzusehen. Im Eimer sammelt sie das Unkraut.

»Es sind Blumen, Mama. Ich habe sie für dich gepflückt.«

Jetzt sieht sie doch auf, schiebt mit dem Handgelenk eine verschwitzte Strähne hinters Ohr und versucht zu lächeln.

»Ach so. Dann stell sie doch bitte ins Wasser.« Sie hat sie gar nicht angesehen.

Jetzt heule ich wirklich. Damit sie es nicht sieht, drehe ich mich ab. Beim Stall lege ich den Strauß in den Trog.

»Übrigens ist Majas Köpfchen voll in der Sonne«, rufe ich Mama noch zu, sie nickt und murmelt was, aber ich weiß nicht, ob sie mich gehört hat. Zum Glück ist der Himmel gerade ziemlich diesig.

Ich hole die Gitarre und setze mich oberhalb der Wiese aufs Mäuerchen, um *Il silip e la furmia* zu üben. Um mich zirpen Grillen, über mir jagen Schwalben, und dann entdecke ich zwei Handbreit neben mir eine Eidechse. Sitzt einfach so da.

»Hallo«, sag ich und wage mich nicht zu rühren, weil ich sie nicht verscheuchen will. Und schwups, ist eine zweite da. So sitzen wir zu dritt und sonnen uns.

Erst als ich es mir bequemer mache, weil ich gerade die Gitarre hatte aufnehmen wollen und sie jetzt die längste Zeit doof in der Luft halte, huschen sie weg, in eine Ritze direkt unter mir. Ich springe auf, weil ich natürlich sehen will, wo sie hin sind. Da entdecke ich erst, dass die Steinplatte, auf der ich gesessen hatte, nicht einfach oben aufgelegt ist wie die anderen, sondern auf beiden Seiten abgestützt, darunter liegt noch mal so eine Platte. Das Ganze ist also eigentlich ein Fenster, das nur deshalb nicht auffällt, weil zwei große Steine in die – wie heißt das? Füllung? Leibung? – geschoben sind.

»Schei…«, sage ich, obwohl ich gar nicht »Schei…« meine, sondern: »Jetzt wird's richtig interessant.«

Ich rein ins Haus, suche Robbie, der ist nicht da. Brülle: »Wo ist Robbie?«

Papa schreckt aus dem Dämmerschlaf auf, schreit, hält sich die Rippchen, sinkt stöhnend zurück und flüstert: »Ich hab ihn einkaufen geschickt. Damit ich wenigstens was zum Abendbrot kriege.«

»Aber der Kühlschrank ist voll, Mama und ich haben Großeinkauf gemacht.«

»Ja, aber ich will von ihr nichts annehmen.«

Oje, so schlimm steht's!

Ich frage: »Papa, lasst ihr euch jetzt auch scheiden?«

»Wieso auch?«

»Tun doch alle. Sich scheiden lassen ist das neue Sichzanken.«

»Was weißt du denn davon?«

»Hast du mal gesagt.«

Er stöhnt. »Was ich nicht alles gesagt haben soll! Ja, vielleicht lassen wir uns scheiden, ich weiß es nicht. Ich kann mit deiner Mutter nicht mehr reden.«

»Probier's doch mal ohne Reden.«

»Und wie?«

»Na, umarmen.«

»Deine Mutter umarmen, wenn sie in dem Zustand ist, und das mit zwei gebrochenen Rippen? So masochistisch bin ich auch wieder nicht.«

»Ihr kriegt euch doch aber wieder ein, oder?«

»Jedenfalls ziehen wir erst mal weg. Inzwischen glaube ich selber, dass das Haus verflucht ist.«

»Schade, wir finden gerade Freunde. Aber klar, wenn es hilft, dass ihr euch wieder vertragt ... Soll ich dir ein Lied vorspielen?«

Ich spiele ihm das Lied vor. Beim Text falle ich immer wieder raus, aber summen geht.

Und als ich ihm erzähle, wovon es handelt, sagt er: »Stimmt, das Lied kenne ich. Das haben deine Mama und ich mal an einem Konzert gehört, als ihr noch ganz klein wart. Da haben wir uns Wellnessferien gegönnt. Und in der Nacht, als wir schon das Licht aushatten, sagt deine Mama plötzlich: ›Weißt du, was ich gerade denke? Wenn dir so was passieren sollte wie dem Grashüpfer, würde ich zwar nicht vor Kummer sterben, weil wir ja die Kinder haben. Aber ich würde ihnen jeden einzelnen Tag erzählen, was für ein wunderbarer Mensch du warst und dass es ein Geschenk ist, dass sie deine Gene haben.‹ Ich glaube, ich habe mit einem blöden Witz geantwortet. Aber bei mir habe ich gedacht: ›Ja, ich würde ihnen umgekehrt genau das Gleiche sagen.‹«

»Siehst du?«

»Was?«

»Es sind immer noch eure Gene. Dass ihr zofft, sind nicht die Gene, das sind die Hormone. Du bist in der Menopause. Das geht vorüber.«

Er versucht, nicht zu lachen, dafür hustet er, bis ihm die Tränen kommen. Endlich nickt er und sagt schon besser gelaunt: »Das hat deine Mama auch gesagt. Aber bei dir kann ich wenigstens darüber lachen.«

Was immer das heißen soll.

Bevor ich nachfragen kann, kommt Robbie.

»Hol deine Kamera«, sag ich, »wir erforschen eine Höhle.«

Er rennt sofort los. Er rennt noch eine ganze Weile, denn die Kamera hat keine Batterie mehr. Endlich findet er Ersatz in Papas Diktiergerät.

Wir gehen raus auf die Wiese, an Mama vorbei, die mit Maja im Schatten an der Stallwand spielt und mir nachruft: »Die Blumen sind wirklich wunderhübsch, Schatz.«

Ich zeige Robbie die Stelle, er haut sich mal wieder auf den Kopf. »Dass ich das übersehen konnte!« Steckt den Kameraschlauch durch den Ritz, aber der Bildschirm bleibt schwarz. »Die Höhle ist zu groß«, erklärt er. »Da ist nichts, was das Licht reflektieren könnte.«

»Wie weit reicht denn das Licht?«

»Ach, nicht weit. Aber jedenfalls ist das nicht einfach ein Loch. Komm, hilf mir mal.«

Gemeinsam schaffen wir es mit viel Rütteln und Schieben, die sauschweren Steine zu lösen. Jetzt dringt genug Licht ein, dass wir eine Art Kammer sehen. Decken oder so liegen am Boden, zwei umgedrehte Kisten könnten Hocker sein. Da hat mal jemand gelebt.

Wir klettern rein und staunen. Der Raum ist etwa so groß wie ein Badezimmer, ein gemauertes Gewölbe, ganz ähnlich wie die Keller unseres Hauses. Das Fenster liegt am einen Ende des Gewölbes, am anderen ist ein verschütteter Durchgang.

Robbie sagt: »Ich wette, der hat zur Falltür im Stall geführt. Vielleicht war das mal ein Schutzraum, eine Art steinzeitlicher Bunker. In der Gegend war in den letzten Jahrhunderten ja mehrmals Krieg, und alles wurde plattgemacht.«

Mithilfe des Kameralichts sehen wir uns um. Das auf dem Boden sind dicke, zottelige Felle, vielleicht sogar Bärenfelle. Außerdem finden wir einen Krug, zwei Zinnbecher und den unteren Teil einer abgeschlagenen Weinflasche, in dem noch Überreste von einem Blumenstrauß stehen.

»Da hat es sich jemand richtig gemütlich gemacht«, stelle ich fest.

»Das können wir in Zukunft auch tun. Nur schade, dass kein Schatz da ist.«

Stimmt, den Schatz hatte ich ganz vergessen. Wir heben die Pelze hoch, vielleicht ist ja darunter noch eine Falltür. Doch der Boden ist dicht an dicht mit faustgroßen Steinen belegt. Auch unter den Kisten finden wir nichts.

»Warte«, sagt Robbie. »Ist das eine Schnur? Dreh mal um.«

Ich hatte die Kisten nur lose angehoben. Wirklich hängt unter der einen das Ende von einem Bindfaden. Als ich die Kiste umdrehe, entdecken wir eine kleine Schatulle, die innen an den Kistenboden geschnürt ist.

»Clever«, sagt Robbie und tüttelt den Knoten auf, während ich ihm leuchte, »so wird sie nicht feucht und fault.« Danach stellt er die Schatulle auf ein Fell und klappt mit feierlichem »Tara!« den Deckel hoch.

So großartig, wie wir gehofft hatten, ist das Ganze nicht. Wir finden einen dicken Brief, hübsch mit fliederfarbenem Band verschnürt, eine dunkle Haarlocke und einen unscheinbaren Fingerring mit kleinem schwarzem Stein. Der Brief ist auf Romanisch, von Mädchenhand geschrieben und ziemlich unleserlich. Für uns jedenfalls. Datum Irgendein August 1937 oder 1957. Unterschrieben ist er mit *Maria* und noch was, *Inspranza* oder ähnlich. Jedenfalls klingelt bei uns nichts.

»Schade«, sagt Robbie.

»Zeig mal die Schatulle selber.« Aber nicht mal die ist was Besonderes, unten klebt noch der Zettel von einer Papeterie in Scuol, das damals Schuls hieß.

Als wir zurück ins Haus kommen, hören wir Mama und Papa in der Küche reden.

»Klingt zur Abwechslung ganz zivilisiert«, raunt Robbie.

Wir schleichen uns an.

Mama sagt gerade: »Wahrscheinlich ist es wirklich das Klügste. Nur, wo geht ihr hin? Unsere Stadtwohnung ist weg, und Geld haben wir auch keines mehr.«

»Was heißt ›ihr‹?«

»Ich gehe natürlich mit Maja zu meinen Eltern. Aber für euch ist da kein Platz, das weißt du ja. Und ich brauche Abstand.«

»Muss das sein? Tilly fragt schon, ob wir uns scheiden lassen.«

»Was hast du geantwortet?«

»Dass wir uns mal sehr geliebt haben. Und dass sie und Robbie das Beste aus uns beiden vereinen.«

»Wie hat sie reagiert?«

»Ach Gott, sie kann es doch noch gar nicht begreifen. Keiner von uns kann das.«

Mama kocht gleich hoch. »Hör endlich auf, mir zu sagen, was ich kann und was nicht!«

Da fällt Robbie die Kamera runter.

»Wir sind wieder da«, rufe ich. »Was gibt es zu essen? Wir haben nämlich was zu feiern. Robbie und ich haben einen Schatz gefunden. Einen kleinen nur, aber immerhin.«

»Quatsch«, sagt Robbie. »Aber Hunger habe ich auch. Ich schlage vor, wir gehen zur Feier des Tages in den Engadinerhof, dort kann man schön draußen sitzen.«

»Was haben wir denn zu feiern?«, fragt Mama.

»Na, eben den Schatz«, rufe ich. »Hallo, hörst du überhaupt zu? Oder das Schätzchen. Aber Kleinvieh macht auch Mist.«

So weit für heute.

Ihre Tilly

12

Im siebten Monat

Hallo, Frau Fröhlicher.

Was Tilly nicht erzählt hat: Beim Engadinerhof haben wir dann Cora und Nino getroffen. Was ich ja insgeheim gehofft hatte. Deshalb hatte ich überhaupt vorgeschlagen, dass wir essen gehen.

Wir haben uns raus auf die Terrasse gesetzt, Tilly und ich so, dass wir das Haus der Nona im Blick haben. Und dass Mama und Papa einander nicht ansehen müssen. Sie haben auch gleich die Köpfe tief in die Speisekarte vergraben.

Um sieben macht der Volg zu, um fünf vor sieben sind Cora und Nino aus dem Haus gekommen, rübergerannt und mit Aufbackpizza zurück. Hatte ich mir gedacht.

»He, Nino«, rufe ich, als sie schon ins Haus wollen. »Es war übrigens doch ein Geheimgang.«

Cora sieht verwundert rüber, dann sieht sie Nino an, und beide kommen her.

»Was war ein Geheimgang?«, fragt Cora.

Nino schüttelt den Kopf. »Glaub ich nicht, das war nur eine Zisterne. Die Falltür unten bei ihnen im Viehstall.«

Tilly kichert albern. »Wollen wir wetten?«

Ich: »Fragt lieber, was wir gefunden haben.«

Wieder tauschen die beiden Blicke, dann sagt Cora: »Habt ihr etwa den Schatz gehoben?«

»Unmöglich«, erklärt Nino, »der Gang, den er meint, geht zur Wiese raus.«

Ich bin gehörig verwirrt. »Wovon redet denn ihr?«

»Siehst du«, sagt Nino.

Und Cora: »Ja, und wovon redet ihr?«

»Von der geheimen Höhle«, ruft Tilly. »Sie ist fast wie in meiner Phantasie, mit Pelzen, voll kuschelig.«

Ich: »Wir sprechen von einer Schatulle. Sagt euch der Name Maria Inspranza etwas?«

Cora lacht laut raus. »›In spranza‹ ist Romanisch und heißt trächtig.«

»Quatsch, trächtig ist eine Kuh«, erklärt Nino. »›In spranza‹ heißt schwanger.«

Tilly kichert wieder. »Maria Schwanger? Komischer Name.«

Ich: »Vielleicht ist es gar kein Name. Können wir euch den Brief morgen mal zeigen?«

»Ja, und die Höhle«, ruft Tilly begeistert. »Wir könnten eine Bande sein, die Höhlenbande. Oder Höhlenvier. Oder …«

»Wir können mit euch keine Bande sein«, erklärt Cora. »Sind das übrigens eure Eltern?«

Ich nicke.

Und Mama fragt: »Wer seid denn ihr?«

Ich: »Das sind die Ururenkel von Pankraz Albert. Die Enkel von Amalia Albert, dem Mädchen, das mit ihm gelebt hat, bis er gestorben ist. Und eigentlich dürfen sie gar nicht mit uns reden.«

»Doch, reden schon«, sagt Cora, »nur keine Bande sein. Und kein Geld annehmen.«

Tilly schlägt vor: »Wir kommen morgen früh bei euch vorbei. Dann müsst ihr der Chasa Albert gar nicht erst nahe kommen.«

Nino ist inzwischen ganz hibbelig. »Wo ist

denn diese Höhle?«, bohrt er. »Ich meine, vielleicht können wir sie uns ja mal ohne euch ansehen.«

Ich glaube, er beißt sich in den Bauch, dass Cora uns so abwimmelt. Mich interessiert aber ganz was anderes.

»Was habt ihr vorhin gedacht, wovon wir reden? Gibt es noch einen anderen Schatz?«

»Nein«, sagt Cora hastig, bevor Nino antworten kann. »Und wir müssen jetzt auch gehen, die Nona wartet auf die Pizza.«

Sie rennt los, Nino hinterher. Wobei er sie bald überholt hat.

»Dann kommen wir morgen«, ruft Tilly ihnen noch nach.

Inzwischen habe ich Gian-Reto entdeckt, den Zöllner: Er sitzt mit ein paar anderen beim Bier. »Hallo, Gian-Reto«, rufe ich ihm zu, und er winkt.

Mama und Papa kriegen den Mund nicht mehr zu. »Wen ihr schon alles kennt!«

Ich grinse. »Da seht ihr, was man mit seiner Zeit anstellen kann, wenn man sich nicht dauernd zofft.«

Immerhin haben sie schon das Essen bestellt, Capuns für alle. Tilly erklärt mit vollem Mund, wer Nino und Cora und Amalia und Gian-Reto und Essigsöckchen und der Bauer mit den Gummistiefeln sind, dann erzähle ich von den Turnereien im Heustall, unseren Besuchen am Zoll und auf dem Friedhof und wie wir – »He!« –, Pardon, wie Tilly die Höhle gefunden hat. Die Mails, die wir Ihnen schreiben, haben wir ihnen nämlich nur am ersten Tag gezeigt, sie hätten sie uns nur madig gemacht. Und sie haben auch nicht danach gefragt.

Für zwei Stunden sind wir mal wieder ganz Familie. Auf dem Heimweg nehmen Mama und Papa uns in die Mitte, so können wir alle Hände halten, außer Maja natürlich, die klebt auf Mamas Rücken. Der Mond ist noch nicht aufgegangen, und als wir aus dem Dorf raus sind, ist es so dunkel, dass wir die Milchstraße nicht einfach als kleinen Nebel sehen, sondern als gigantisches Meer von hundert Milliarden Sternen in den verrücktesten Farben. Der Anblick ist eine Wucht. Oder wie Doja Cat sagen würde: »Better than sex.«

Mama und Papa sind immer noch ganz still, wir auch, nur Maja brabbelt vor sich hin. Ich bin sicher, dass wir alle das Gleiche denken: Für so was wie jetzt haben sich die ganze Plackerei, das Gezanke und der Frust doch schon gelohnt. Und wenn wir es schaffen zu bleiben, dann wird das unser Zuhause. Mensch, gibt es was Schöneres?

Das Einzige, was wir noch reden, bevor wir zu Bett gehen, ist, dass Papa sagt: »Diese Höhle will ich übrigens erst inspizieren, bevor ihr euch da breitmacht. Nicht dass ihr noch von einem einstürzenden Gewölbe erschlagen werdet.«

Worauf Mama gleich wieder Gift spritzt: »Man kann den Kindern auch einfach mal vertrauen, Claus.«

Tilly kann nur lachen. »Papa, du mit deinen gebrochenen Rippen kommst da gar nicht rein.«

Meinen Kommentar verklemme ich mir, Gewölbe sind von ihrer Statik her so ziemlich das Letzte, was einstürzt, nehme mir aber vor, ihm mal ein paar *Was ist was*-CDs rüberzuschieben, damit er sein Allgemeinwissen aufmöbelt. Das hat er verdammt nötig.

UND – JETZT – ENDLICH – ZU GESTERN!

Nach dem Frühstück ziehen wir gleich los, weil Tilly drängelt. Wir wollen ja zu Cora. Ich kann nicht ganz begreifen, wieso sie so nervös ist, ich erwarte von dem Brief nicht mehr als von all den Schreibseln auf Französisch, die auf dem Dachboden lagen und die Mama kürzlich mal abends überflogen hat. Belangloser Familienkram.

Tilly sagt: »Ich bin nicht wegen dem Brief nervös, sondern weil wir da hingehen.« Aber wirklich erklären kann sie es nicht.

Egal, wir kommen rein – puh! Es stinkt und ist vermüllt, so was habe ich noch nicht erlebt. Dabei wirken Cora und Nino gar nicht dreckig, höchstens ein bisschen muffig, wie Babys oder Tiere. Alle sitzen noch am Frühstückstisch, doch die Nona steht gleich auf, nimmt den Stock und humpelt rüber ins Nebenzimmer. Nicht mal Hallo hat sie gesagt.

Cora macht auf dem Tisch notdürftig Platz, dann sagt sie: »Also gebt her.«

Platz bietet sie uns nicht an, deshalb bleiben wir stehen. Nino hockt in der Ecke, das Kinn auf den Knien, wippt vor sich hin und leckt dabei seine Kniescheiben. Er erinnert mich an diese chinesischen Winkekätzchen.

Ich ziehe die Schatulle aus der Umhängetasche und gebe ihr den Brief. Ich habe ihn zu Hause noch Seite um Seite abfotografiert, man weiß ja nie. Cora streicht die Seiten glatt und will anfangen zu übersetzen, aber Tilly fällt ein, dass sie stenografieren will. Cora schiebt ihr einen Stift und einen zerrissenen Briefumschlag rüber, Tilly klemmt sich mit einer Pobacke auf einen Stuhl, dann fängt Cora an.

Und schon nach den ersten Zeilen tut die Spannung im Raum richtig weh. Die Nona in der Küche lässt einen dumpfen, erstickten Ausruf hören. Nachdem Cora noch mal kurz unterbrochen hat und lauscht, ob es was zu helfen gibt, liest sie durch.

»Dreiundzwanzigster August 1957. Mein über alles geliebtes ungeborenes Kind, jetzt leben wir schon sieben Monate Blut in Blut, Herz an Herz, und ich weiß immer noch nicht, bist du ein Junge oder Mädchen. Ich glaube zu fühlen, dass du ein Mädchen bist. Dann sollst du Amalia heißen, nach

Ginos Großmutter. Gino ist dein Vater. Für einen Jungen haben wir Orlando ausgesucht. Jedes Mal, wenn du dich in mir regst, glühe ich vor Glück. Gino geht es genauso.

Wir wissen nur gar nicht, wie wir es in Zukunft hinkriegen sollen, uns zu sehen. Bisher haben wir uns immer heimlich im Gewölbe unter der Wiese getroffen. Ich kam vom Stall her, Gino von draußen. Aber langsam wird mein Bauch zu dick, ich passe nicht mehr durch die Luke. Wir müssten weglaufen, aber Gino hat überhaupt kein Geld, und Papa hat alles fest verschlossen im Safe.

Du musst wissen, dass Bap völlig außer sich war, als ich ihm erzählt habe, dass ich dich in mir trage – ich, ein kaum siebzehnjähriges Mädchen. Und dass der Vater des Kindes nur ein armer italienischer Grenzwächter ist, der für drei Monate zu den Schweizern gewechselt hat. Das machen die Länder untereinander so, damit die Zöllner voneinander lernen. Ich habe ihm gesagt, dass ich Gino liebe, und Bap hat mich geohrfeigt. Nachdem ich ihm gesagt hatte, dass ich Gino heiraten will, hat er mich für drei Tage ins Zimmer eingesperrt. Nicht mal Mamma durfte zu mir. Die heult sowieso nur noch. Für sie ist es doppelt schlimm: einmal, weil sie mir doch alles Gute wünscht, und dann lässt Bap auch noch alle Wut an ihr aus. Dein Großvater ist nicht nur sehr streng, sondern auch jähzornig. Wenn jemand seine Regeln bricht, muss er ihn bestrafen. Ich habe mal gesehen, wie er unseren Knecht mit der Peitsche geschlagen hat. Der ist danach vor Gericht, und Bap musste dafür bezahlen, aber er ist da sehr geschickt. Er bezahlt dreimal so viel, dafür steht danach nirgends, was er verbrochen hat. Denn er ist ja ein wichtiger Mann, einer der wichtigsten im Tal, und das will er auch bleiben.

Deshalb geht es auch nicht an, dass seine Tochter mit einem armen Süditaliener glücklich wird. Er will, dass ich dich wegmachen lasse. Obwohl er sehr katholisch ist. Natürlich ist es dafür viel zu spät, und nie, nie, nie würde ich so was tun. Trotzdem erklärt er mir jedes Mal, wenn er in mein Zimmer kommt – denn ins Esszimmer darf ich nicht mehr –, dass das Kind wegmuss. Dafür, dass Gino seine Praktikumsstelle hier am Zoll verloren hat,

hat er noch am selben Tag gesorgt. Aber natürlich kann er nicht verhindern, dass Gino im Dorf bleibt. Eigentlich müsste er sich längst in Italien zurückmelden, da, wo er normalerweise arbeitet, aber er will mich nicht allein lassen. Vielleicht kündigen sie ihm. Aber er versucht sowieso fieberhaft, eine bessere Stelle zu kriegen, er schreibt den ganzen Tag Briefe an alle möglichen Leute und Ämter.

Gestern habe ich zu ihm gesagt: Gino, lass uns einen der Esel nehmen – hinter unserem Haus weidet nämlich eine Eselherde – und einfach losziehen. Das Kind bekommen wir dann in einem Stall. Aber natürlich geht das nicht, mit einem Esel finden die uns im Nu, und dann kommt er ins Gefängnis und ich in eine Anstalt. Ich bin ja erst siebzehn, das wäre so was wie Menschenraub.

Dabei bin ich, seit du in mir bist, so viel reifer geworden! Ich kann es kaum erwarten, für dich zu sorgen, dich zu umarmen, zu stillen, in den Schlaf zu singen. Singen kann Gino allerdings tausendmal schöner. Weißt du, wieso ich mich in ihn verliebt habe? Wenn er singt, dann erscheinen vor meinen Augen ganz wunderbare Welten, die ich mir vorher überhaupt nicht hätte vorstellen können. Er singt auf Neapolitanisch, ich verstehe fast nichts, gleichzeitig begreife ich unendlich viel. Ihn singen zu hören, war das Schönste in meinem Leben. Inzwischen ist das Schönste, dich zu haben.

Vorhin ist Mamma gekommen und hat mich gewarnt, dass Bap mich in eine Klinik einweisen lassen will, damit keiner erfährt, dass es dieses Kind gibt. Ich habe ihr gesagt, dass mir das sogar sehr recht wäre, wenn ich nur danach nie wiederkommen muss. Mit Bap unter einem Dach zu leben, ist furchtbar, weil man nie weiß, was als Nächstes passiert. Alles andere kann ich ertragen, ich weiß ja jetzt, wofür.

Und Gino denkt genau gleich. Wir drei werden eine wunderbare Familie sein. Wobei wir nicht zu dritt bleiben wollen, Gino wünscht sich mindestens vier Kinder, wenn nicht sechs. Und weißt du was? Ich glaube, ich werde eine gute Mutter sein. Nein, es ist mehr als ein Glaube, es ist ein ganz tiefes Gefühl. Wenn wir in der Höhle sind, fühle ich mich wie eine Bärenmutter. Natürlich wegen den Fellen, die wir reingeschleppt haben. Die hat dein

Ururargroßvater oder so geschossen, damals war es hier noch viel wilder. Arme Bären!

Das sind die Hormone, jetzt weine ich schon, wenn ich an eine Bärenmama denke, die vielleicht vor hundert Jahren ihr Kleines im Stich lassen musste, weil eine Gewehrkugel sie getötet hat!

Dabei wollte ich dir einen ganz fröhlichen Brief schreiben. Meine wunderbare Amalia, oder wunderbarer Orlando! Den Brief werde ich im Gewölbe verstecken, weil ich nicht weiß, was mit den Sachen in meinem Zimmer geschieht, wenn ich weg bin. Und ob man mir dort, wo ich hinkomme, womöglich alles Eigene wegnimmt. Ich kann mir gut vorstellen, dass Bap mich an den klösterlichsten Ort schickt, den er finden kann.

Aber eigentlich wollte ich gar nicht mehr von ihm reden. Zum Brief lege ich eine Haarsträhne und einen Ring von Gino. Den hat er von seiner Nonna bekommen. Für deine spätere Frau, hat sie gesagt. Sie lag im Sterben, er war damals zwölf. Als ich ihm verraten habe, dass ich schwanger bin, hat er ihn mir ein paar Tage später angesteckt, ich glaube, er ist extra nach Neapel gefahren, um ihn zu holen. Jetzt sind wir Mann und Frau, hat er gesagt. Und meine Nonna im Himmel wird uns segnen. Ja, Gino ist auch katholisch, aber ganz anders.

Das war es für heute, mein liebstes, bestes Kind. Sei geherzt und umarmt von deiner schwangeren Mamma.«

Cora legt den Brief auf den Tisch. Wir sind alle wie erschlagen. Nino sitzt mit runtergeklapptem Kiefer da, von der Lippe hängt ein Sabberfaden.

In der Küche ist es mucksmäuschenstill. Cora steht auf und sieht nach. Dann kommt sie zurück: »Geht jetzt, wir müssen uns um die Nona kümmern.«

Sie will uns aus dem Zimmer schieben, Tilly greift im Reflex noch nach dem Brief und der Schatulle.

»Lass die Sachen da«, sage ich. »Die gehören uns nicht mehr.«

Gleich darauf stehen wir draußen. Die Sonne blendet. Erst können wir gar nichts reden.

Irgendwann sage ich: »Mann, das war ja heftig.«

»Ja. Gut, dass Cora mir keinen Filzer gegeben

hat, sonst wäre die ganze Steno verschmiert. Ich habe dauernd geheult.«

»Echt? Hab ich nicht mitbekommen.«

Richtig erschöpft machen wir uns auf den Heimweg.

»Wie mag sich das anfühlen?«, überlege ich. »Da kriegst du dein Leben lang zu hören, wie ungewollt du bist, wie nutzlos, und dann bekommst du so einen Brief.«

Tilly nickt nur.

Sie sagt erst wieder was, als wir schon fast oben sind. »Wir müssen rausfinden, wo sie geblieben ist.«

»Cristiana? Ja, und überhaupt, was passiert ist.«

»Aber das Allerwichtigste ist doch, dass Amalia jetzt weiß, dass ihre Mamma sie nie freiwillig hergegeben hätte.«

Als ich die Haustür aufstoße, hören wir unsere Mama gerade brüllen: »Wenn es so weitergeht, Claus, packe ich meinen Krempel und lasse dich mit der ganzen Mischpoke allein!«

Und peng!, knallt eine Tür.

So viel für heute, Frau Fröhlicher.

Robert Lobinger, 1B

13

Was ein Haufen Geld kann und was nicht

Liebe Frau Fröhlicher!

Es ist Samstagabend. Eigentlich müsste ich Ihnen erst Montag schreiben, aber es gibt so furchtbar viel zu erzählen, dass ich unmöglich warten kann. Uff, hoffentlich kriege ich das halbwegs geordnet hin.

Also, am Freitagmorgen hat Cora uns den Brief vorgelesen, danach habe ich die Steno ins Reine geschrieben, und Robbie hat noch mal die Bärenhöhle untersucht. Außer einem *C & G* an der Wand und einer Nacktschneckenkolonie hat er jedoch nichts Besonderes gefunden.

Wir haben die wichtigsten offenen Fragen aufgelistet:

Was ist damals passiert, nachdem Cristiana den Brief geschrieben hatte?

Wo kam sie hin, und wie und wo ist sie gestorben? Oder lebt sie vielleicht noch?

Was ist aus Gino geworden?

Nachdem ich die Übersetzung des Briefs getippt hatte, habe ich den Computer an Robbie weitergereicht, und er hat angefangen zu googeln, was das Zeug hält. Wir arbeiten immer noch beide an Papas Laptop, weil nur er Internet hat, und auf dem Handy tippt man sich ja dummdösig, nur mit den Daumen. Den linken hat er sich außerdem gequetscht, jetzt ist er blauschwarz, und manchmal hält er ihn sich vors Gesicht, dass man meint, es sei seine Nase, und spielt, er sei Säufer oder Berufsboxer. Damit hat er Mama gestern furchtbar erschreckt.

»Aber das Thema, Tilly, das Thema!«

Verzeihung. Am Freitagabend dann haben wir Lagebesprechung gemacht und gemerkt, dass wir so nicht weiterkommen. Der Schlüssel zur Vergangenheit ist Demian, Cristianas Bruder. Den müssen wir zu fassen kriegen. Natürlich liegt es nahe, Mama und Papa auf ihn anzusetzen, die ihn ja schon kennen. Nur sind die erstens so sehr mit sich selber beschäftigt, dass sie gar nicht begreifen, was wir da eigentlich tun. Und zweitens hat Papa beim Abendbrot erzählt, dass Demian uns das Haus überhaupt nur verkauft hat, weil wir keine Einheimischen sind. Weil wir ihn nicht kennen, nichts fragen und vor allem nicht lästern. Wieso auch immer. Das haben sie ihm damals versprochen und wollen sich auch daran halten.

Robbie und ich allerdings haben gar nichts versprochen, und als Papa und Mama sich nach dem Essen wieder in möglichst entgegengesetzte Ecken im Haus verkrümelt hatten, waren wir uns einig, dass wir ihn anbaggern.

Robbie: »Allerdings sollten wir uns erst überlegen, wieso er keine Fragen hören will.«

»Weil er Schuldgefühle hat, ist doch klar.«

»Genau. Und wieso hat er die?«

»Na, weil er nicht verhindert hat, was immer da geschehen ist.«

»Ja, das denke ich auch. Wir müssen uns also von hinten anschleichen. Wir sagen, wir müssen für eine Hausaufgabe die Wohnung oder das Haus recherchieren, in dem wir leben. Ganz belanglos.

Und langsam, langsam drehen wir das Gespräch dahin, wo wir es haben wollen.«

»Nein, Robbie, genau andersrum. Wir müssen ihn überraschen.«

»Na, und wie?«

»So.« Ich frage im Handy die Telefonnummer von »Demian Albert, Chur« ab und tippe das Hörerzeichen an. Nach dreimal Klingeln nimmt er schon ab.

»Herr Albert? Hier ist Tilly Lobinger. Von den Lobingers, die Ihr tolles Haus gekauft haben.«

»Ah ja. Und was gibt's?«

»Wir haben beim Reinemachen eine Mappe mit Zeichnungen von Ihnen gefunden, Schulzeichnungen. Bestimmt wollen Sie die haben.«

Kurzes Schweigen, dann: »Nein, die könnt ihr wegwerfen.«

Mist! »So was wirft man doch nicht weg.«

»Doch, doch. Ich dachte, ich hätte das längst getan.«

»Aber warum? Es sind schöne Zeichnungen.«

»Ich erinnere mich nun mal nicht gern an die Zeit. War das schon alles?«

»Fast. Was mache ich denn mit den Zeichnungen von Cristiana, Ihrer Schwester? Wo schicke ich die hin?«

Wieder Stille, fünf Sekunden, zehn. Dann drückt er den Anruf weg.

»Er hat aufgelegt.«

»Du bist aber auch ein Trampel«, sagt Robbie.

Als das Handy klingelt. Ich nehme ab.

»Entschuldige«, sagt Demian Albert, »ich war so perplex. Du hast Schulzeichnungen von Cristiana gefunden?«

»Und einen sehr schönen Brief. Sie hat ihn Amalia geschrieben.«

»Amalia, meiner Nichte? Wie soll das möglich sein?«

»Das war noch während der Schwangerschaft.«

Abermals langes Schweigen, dann fragt er: »Darf ich die Sachen sehen?«

Ich zu Robbie: »Darf er die Sachen sehen?«

Als der nickt, sage ich: »Klar doch. Wie machen wir das? Kommen Sie her?«

»Nach Scuol kann ich kommen.«

»Bestens. Morgen um zehn im Coop-Café?«

»Ja. Danke.«

Dann legen wir auf.

»Siehste«, sag ich zu Robbie.

Er macht die Säufernase und sagt: »Bäh.«

Vor Aufregung konnte ich die ganze Nacht nicht schlafen und war heute früh reichlich rammdösig.

Aber Mama hat mich schnell wach gemacht. Sie hat in der Küche geträllert und für uns Pfannkuchen gebacken.

Robbie: »Spinn ich, oder träum ich? Und wo ist Papa?«

Sie zeigt aus dem Fenster. »Mit Maja spazieren. Ich habe jetzt jeden Tag zweimal zwei Stunden ganz für mich. Um ein Buch zu schreiben.«

Ich: »Hurra, endlich deinen Roman?«

»Nein, eines über einen akademischen Idioten, der sich einbildet, er könnte im Alleingang ein vierhundertjähriges Haus renovieren. Den Titel habe ich schon: ›Wie Claus Lobinger Intimität in der Familie proben wollte und das Kunststück fertigbrachte, sich in zehn Tagen zwei Rippen zu brechen und seine Ehe zu zerstören‹. Das wird ein

Renner, sag ich euch. Und mit dem Geld engagieren wir richtige Handwerker.«

»Aber Mama!«

»Lass sie«, sagt Robbie. »Die muss da durch.«

Auf die Pfannkuchen hatte ich dann gar keinen Appetit mehr.

Deshalb habe ich mir im Coop-Restaurant als Erstes zwei wabbelige Sandwiches mit Sülze auf Toastbrot gekrallt, Sellerie und Spargel. Robbie schüttelt sich, wenn er so was sieht, ich find's göttlich.

Aber eins zurück: Wir haben Demian an der Straße bei der Coop-Zufahrt erwartet, er kam ganz schnittig in einem winzig kleinen Fiat um die Ecke gekurvt. Wir haben ihn nicht erkannt, aber er sofort seine Zeichenmappe. Für einen gut Achtzigjährigen – das hat Robbie aus den Daten auf den Zeichnungen errechnet – ist er äußerst gut erhalten, stramm und mit Babyhaut.

»So jung seid ihr!«, ruft er, nachdem er geparkt hat, und will mir doch tatsächlich die Backe tätscheln!

Ich kann gerade noch die Mappe dazwischenschieben. »Sind Sie nicht gespannt?«, frage ich und fliehe voraus in den Coop.

»Und ob«, sagt der Lüstling. »Aber erst mal holt euch was Leckeres und mir einen Milchkaffee, ich suche inzwischen einen freien Tisch.« Als wir an der Kasse anstehen, kommt er nach und bezahlt.

Das Restaurant ist knallvoll, damit hatte ich nicht gerechnet. Es herrscht ein Grundrauschen wie am Rheinfall. Für uns ist das nicht schlecht, wir wollen keine ungewollten Zuhörer.

Ich zücke den Stenoblock, Robbie zeigt Demian Cristianas Zeichnungen.

»Ach ja«, sagt Demian, und seine Augen werden wässerig. »Und der Brief?«

»Das romanische Original ist bei Amalia, ich habe aber Fotos. Tilly hat eine Abschrift auf Deutsch gemacht.«

Ich: »Soll ich vorlesen?«

»Ja, unbedingt«, sagt Demian.

Robbie: »Vielleicht, nachdem er uns ein paar Fragen beantwortet hat.«

Ich sehe ihn streng an. »Nein, jetzt.« Was soll

das? Er denkt, wir müssten Demian erpressen, dabei können wir ihn ganz einfach weichkochen.

Und wirklich, kaum habe ich begonnen vorzulesen, vergießt er schon Tränen und schnäuzt sich in ein Stofftaschentuch mit Monogramm, das ihm sicher vor Urzeiten Mama Albert gestickt hat. Seine Aussteuer.

Als ich fertig bin, lässt Demian noch kurz sacken, dann schüttelt er den Kopf: »Unglaublich. Ich habe das Haus immer wieder durchsucht. In meiner eigenen Zeichenmappe nachzusehen, ist mir natürlich nicht eingefallen.«

Ich: »Damit es hier kein Missverständnis gibt, der Brief war nicht in der Mappe. Er war in diesem Gewölbe unter der Wiese, das hat sie ja geschrieben.« Ich habe den Verdacht, dass Demian im Kopf nicht ganz so fit ist wie körperlich.

»Richtig, stimmt. Ich kenne dieses Gewölbe nur nicht. Wo soll es liegen?«

»Hinterm Stall, bei der Pferdewiese. Wir können es Ihnen gern mal zeigen.«

Robbie wird ungeduldig. »Aber jetzt wüsste ich doch gern, was überhaupt passiert ist.«

»Wo?«, fragt Demian. »Wann?«

»Wo Cristiana hingekommen ist. Wo Amalia geboren wurde. Was aus Gino geworden ist. All das.«

Demian nickt. »Ach, natürlich. Ihr müsst wissen, dies hier ist für mich ein aufregender Moment. Sechzig Jahre lang habe ich geschwiegen. Seit ich meinem alten Herrn auf die Bibel geschworen habe, nichts zu fragen und nichts weiterzusagen. Das war eine furchtbare Qual, ich weiß ja längst nicht alles. Als Bap tot war, hatte ich gehofft, ich finde im Haus irgendwelche Dokumente, die mir klarmachen, was genau passiert ist. Aber da war nichts, nicht im Safe, nicht in den Ordnern. Sogar hinter den Bildern habe ich gesucht. Dann kommt ihr und braucht keine zwei Wochen, um diesen Brief zu finden. Ihr müsst wissen, ich war damals selber erst neunzehn, gerade mit der Schule fertig und im ersten Semester an der Universität in Fribourg …«

Als ich gerade denke, Mann, bleib beim Thema, fällt Robbie ihm ins Wort: »Zurück zu Cristiana. Was ist passiert?«

»Ach ja. Bap hat sie weggebracht. Wir haben unsere Eltern immer Bap und Mamma genannt, das ist die romanische …«

»Weggebracht wohin?«

»Lasst mich nachdenken. War es nicht das Kinderheim La Margna in Celerina? Das gibt es jetzt nicht mehr. Oder nein, nach Klosters, ins Heim ›Maria hilf‹, genau. Cristiana hat mich von dort zweimal angerufen. Ich habe im Studentenheim gewohnt, und das Prozedere, wenn man angerufen wurde, war ziemlich umständlich. Es gab zwar auf jeder Etage …«

»Was hat sie gesagt?«, unterbricht Robbie.

»Wer?«

»Cristiana.«

»Ach ja. Dass ich sie retten muss. Dass sie Angst hat, dass man ihr das Kind wegnimmt.«

»War es denn da schon auf der Welt?«

»Keine Ahnung, eher nicht. Halt, ich erinnere mich genau, dass sie gesagt hat: ›Hol mich hier weg.‹ Wenn es schon da gewesen wäre, hätte sie ›uns‹ gesagt.«

»Und was haben Sie getan?«

»Nichts. Ich war sicher, dass sie übertreibt.«

»Was dachten Sie denn, wie die Geschichte ausgeht? Dass Cristiana und das Baby irgendwann wieder heimkehren?«

»Ich glaube nicht, dass ich mich so was gefragt habe. Jedenfalls habe ich dann ein paar Wochen lang nichts gehört, nur dass Mamma krank ist. Kurz vor Weihnachten dann ruft Bap mich an und fragt, wann ich heimkomme. Ich sage, ich weiß nicht, feiern wir denn alle zusammen? Er: ›Ja, deine Mutter, Amalia, du und ich.‹ Worauf ich frage: ›Wer ist Amalia? Und was ist mit Cristiana?‹ Er sagt: ›Cristiana muss erst wieder zu sich finden. Amalia ist ein Kind, das wir aufgenommen haben.‹ Ich: ›Cristianas Kind?‹ Er – daran erinnere ich mich genau, weil es so sonderbar war –, er also: ›Cristiana hat kein Kind, sie ist nur krank. Deine Mamma hat Amalia aus Mitleid aufgenommen.‹ Ich: ›Aber Bap, das ist nicht die Wahrheit!‹ Worauf er sagt: ›Das, Demian, ist die einzige Wahrheit, die in dieser Familie gilt. Wenn du weiter dazugehören willst, hältst du dich daran.‹«

»Puh, das ist eine richtige Drohung«, sage ich. »Und wie war das Weihnachtsfest?«

»Ich war nicht da. Ich war nie mehr zu Hause. Bap hat das akzeptiert. Er hat weiter mein Studium bezahlt, ich habe auch jede Woche mit ihnen telefoniert, jedenfalls bis Mamma tot war.«

»Woran ist sie gestorben?«

Demian zögert. »Ich glaube, an Krebs. Ich habe nichts mehr gefragt. Wozu auch? Es gab in unserer Familie ja keine Wahrheit mehr. Ich habe von meinem Studium erzählt und gefragt, was es Neues im Dorf gibt, dann haben wir aufgehängt.«

»Waffenstillstand?«

»Oder Diplomatie.«

»Und Sie haben nie wieder von Cristiana gehört? Von ihr selbst oder über andere Leute?«

»Nein.«

»Sie wissen also auch nicht, ob sie gestorben ist?«

Er schüttelt stumm den Kopf.

»Na schön«, sagt Robbie. »In Ihrer Geschichte fehlt aber Gino.«

Demian sieht ihn erschrocken an, dann lässt er

sich stöhnend zurückfallen und schließt die Augen. »Stimmt, Gino hatte ich verdrängt. Noch vor diesem Weihnachtstelefonat hat Bap mich angerufen und gesagt: ›Verabrede dich mit diesem Gino. Wir müssen eine Regelung finden.‹ Ich habe gesagt: ›Das mache ich nicht, das ist eure Sache.‹ Er: ›Eine solche Regelung ist sehr wohl auch deine Sache, schließlich bist du mein Haupterbe. Sag ihm, dass es Cristiana nicht gut geht, dann kommt er garantiert.‹ Er hat mich genau instruiert, was ich Gino erzählen und was ich aushandeln soll.«

»War da Amalia schon auf der Welt?«

»Ich weiß es nicht. Ich weiß nicht, wann sie geboren wurde. Ich habe mich mit Gino übrigens auch hier in Scuol getroffen, vorn in der Belvedere-Bar. Am Telefon hatte ich ihm erzählt, dass Cristiana gesundheitliche Probleme hat. In der Bar habe ich ihm dann weisgemacht, dass sie in der Nacht von der Ambulanz abgeholt worden und auf dem Weg ins Krankenhaus verblutet sei. Das Kind sei tot zur Welt gekommen. Wir hatten nur nicht damit gerechnet, dass Gino die Leichen würde sehen wollen, ich musste etwas erfinden. Ich glaube, ich habe ihm erzählt, dass sie am Universitätsspital Zürich obduziert werden, weil der Fall schon sehr ungewöhnlich ist, und danach kremiert. So wollte er natürlich an die Beisetzung kommen. Damit kommen wir zum Handel. Ich habe ihm gesagt, dass Cristianas Tod unsere Mamma so sehr mitnimmt, dass wir befürchten, sein Auftauchen würde sie umbringen. Weil in ihren Augen er der einzige Schuldige ist, immerhin hat er eine Minderjährige geschwängert.«

»Und das hat Gino geschluckt?«

»Ja, diesen Italienern ist die Mamma heilig. Außerdem hat es sich für ihn gelohnt. Ich habe ihm gesagt, dass ich daran glaube, dass Cristiana ihn sehr geliebt hat, und ihn deshalb als ihren Witwer betrachte. Und dass Cristiana als Minderjährige zwar leider noch kein Vermögen besessen hat, aber irgendwann hätten wir beide alles geerbt, und deshalb will ich jetzt schon mit ihm teilen. Konkret habe ich ihm eine Million Franken angeboten – was in den Fünfzigerjahren noch viel mehr war als heute. Aber unter der Bedingung, dass er nie mehr in die Schweiz zurückkehrt.«

»Warum so viel?«

»Das war ja auf Baps Mist gewachsen. Und offenbar ist er damals noch davon ausgegangen, dass sich mit Cristiana alles wieder einrenkt, sie in die Familie zurückkehrt und eine vernünftige Partie macht. Sofern Gino nicht zwischenfunkt.«

»Was meinen Sie mit ›vernünftige Partie‹?«

»Dass sie einen heiratet, der Baps Geschäft zusätzlich Schwung verleiht. Heute heißt das Fusion, damals hieß es ›Adel zu Adel, Geld zu Geld‹.«

»Verstehe. Zurück zu Gino. Hat er das Angebot angenommen?«

»Ja.«

»Kam das Geld aus dem Schmuggel?«

Demian fällt der Kiefer runter. »Das wisst ihr auch schon?«

»So sind die Kinder von heute.«

»Ihr wisst aber auch, dass das damals völlig legal war?«

»Wissen wir. ›Legal‹ heißt nicht ›gut‹.«

»Das wollen wir jetzt nicht vertiefen. Zum Schmuggel kam es so: Bap hatte einen großen Traum, ein eigenes Grandhotel. Hinter dem Haus, oben auf der Pferdeweide. All sein Tun war darauf ausgerichtet. Mich hat er Betriebswirtschaft studieren lassen, Cristiana sollte auf die Hotelfachschule. Es gab sogar schon Baupläne.«

»Wirklich? Wir haben nichts gefunden.«

»Nein, ich auch nicht. Ich nehme an, er hat sie verbrannt, als ihm klar wurde, dass daraus nichts wird. Weil seine minderjährige Tochter mit einem dahergelaufenen Habenichts ins Bett steigt.«

Ich: »Streng genommen war es kein Bett, sondern ein Bärenfell.«

Robbie nickt. »Und sein Traum ist ja wohl eher daran gescheitert, dass er voll verkrampft reagiert hat.«

Wie sonderbar, Demian scheint seinen Bap doch tatsächlich in Schutz nehmen zu wollen! »Das kann man sehen, wie man will«, sagt er gereizt. »Jedenfalls war danach sein Leben ruiniert. Traum weg, Familie weg. Seine letzten zwanzig Lebensjahre waren wie Isolationshaft. Er muss völlig vereinsamt gestorben sein.«

»Halt, halt! Immerhin hat Amalia sich um ihn gekümmert.«

Demian lacht bitter. »Das muss die Strafe noch verschärft haben. Ihre Gegenwart hat ihm täglich sein Versagen vor Augen geführt.«

Robbie: »Ich muss gestehen, Ihr Bap interessiert mich wenig. Lieber würde ich noch mal auf Gino zurückkommen.«

»Und ich muss gestehen, dieser Gino hat mich nie interessiert.«

»Sein Nachname würde uns schon sehr helfen.«

»Moment.« Demian schließt wieder die Augen. »Es hatte etwas mit dem Ort zu tun, aus dem er kam.«

»Das war Neapel.«

»Genau, Napoli!« Er strahlt vor Stolz über sein Erinnerungsvermögen. Kleine Freude des Alters.

Robbie tippt ins Handy. »Oje, Gino Napoli hat sechzig Millionen Einträge.«

»Gib noch Cristiana ein«, schlage ich vor.

»Okay, besser. Aber immer noch eine gute Million. Das wird jetzt nix.«

»Dann sind wir fertig?«, erkundigt sich Demian. »Darf ich die Zeichnungen mitnehmen?«

»Ihre ja.«

»Und Cristianas?«

»Gehören Amalia.«

»Sie können sie ja bei ihr ansehen«, schlage ich vor. Der Gedanke ist ihm sichtlich unbequem. »Kennen Sie sie überhaupt?«

»Nein«, gesteht er. »Das wäre auch schwierig.«

»Weil Sie sich schämen?«

Er nickt verklemmt. »Ich muss aber sagen, ich war damals wirklich noch sehr jung!«

»Wir sind halb so alt.«

Das, liebe Frau Fröhlicher, war unser Gespräch mit dem wohl letzten Zeitzeugen. Jetzt wissen wir fast alles, nur das vielleicht Wichtigste nicht: was aus Cristiana geworden ist. Alles irgendwie sehr unbefriedigend.

Stumm fahren wir heim, Robbie blättert die Google-Einträge zu Gino durch.

Als wir durch Samartin gehen, entdecken wir Nino. Er trägt gerade zwei prall gefüllte Abfalltüten zum Container. Er grinst und ruft: »Stellt euch vor, die Nona putzt!«

Wir gehen zu ihm. »Wie hat sie denn den Brief verkraftet?«, frage ich.

Er denkt nach. »Das ist kompliziert. Also, etwa eine Stunde hat sie völlig erstarrt auf dem Küchenstuhl gesessen. Dann hat sie angefangen zu heulen, so plötzlich und so heftig, dass ihr die Tränen aus den Augen gespritzt sind wie aus einer Wasserpistole. Zumindest am Anfang. Denn geheult hat sie ein paar Stunden. Erst als wir ihr was zum Abendbrot hingestellt haben, hat sie aufgehört und gesagt: ›Das waren jetzt die Tränen von über sechzig Jahren. Ich habe immer gedacht, ich kann gar nicht heulen. Aber das ist nicht mein einziger Glaube, der nicht stimmt.‹ In der Nacht haben wir immer wieder gehört, wie sie mit sich redet und sogar lacht. Gelacht hatte sie vorher auch nie. Heute hat sie dann bis mittags geschlafen, und als sie aufwacht, sagt sie als Erstes: ›Was ist das hier eigentlich für ein Schweinestall? So kann man doch nicht wohnen!‹ Seit da räumen wir auf und putzen.« Er ächzt.

Zu Hause hat Mama auf eine kleine mechanische Schreibmaschine eingehackt, dass wir erst geglaubt haben, wir hören einen Specht. Papa hat mit Maja auf der Wiese gelümmelt und sich quietschend dagegen gewehrt, dass sie ihn mit Nacktschnecken füttert …

Nein, das ist geschwindelt, ich wollte Ihnen nur zeigen, wie schöne Bögen ich hinkriege. In Wahrheit waren es Regewürmer, und es gibt auch keinen Bogen. Robbie hat bei der Stiftung »Maria hilf« in Klosters telefoniert und sogar jemanden erreicht, obwohl Samstag ist. Er hat seinen Trick probiert, von wegen: »Wir recherchieren für eine Schulaufgabe.« Aber Kindern geben sie prinzipiell keine Auskunft und Erwachsenen höchstens – höchstens! –, wenn sie Familienangehörige sind. Dass die Geschichte mehr als sechzig Jahre alt ist und damit laut Robbie gar nicht mehr geschützt, hat sie nicht interessiert.

Traurig. Wäre ich Amalia, würde ich mehr als alles andere wissen wollen, was mit meiner Mama passiert ist. Vielleicht sind die ja freundlicher, wenn sie selber mal nachfragt.

Robbie blättert immer noch die Million Google-Einträge durch, ich habe, um mich abzulenken, jetzt diese Mail an Sie geschrieben.

Damit uns der Sonntag nicht zu madig wird,

haben Robbie und ich übrigens beschlossen, dass wir Amalias Beispiel folgen und putzen wollen, bis uns die Ohren wackeln. Das ganze Haus. Während Mama und Papa weiter ihre Kindereien austragen, werden wir Böden schrubben, Wände abwaschen, Fenster, Geländer und Treppen polieren, Fensterläden ölen und uns dazwischen immer mal wieder in den Bauch beißen, dass wir dachten, wir hätten so vieles erreicht, und irgendwie ist es doch gar nichts.

Ihre traurige Tilly

14

Ein weinendes Auge

Liebe Tilly, lieber Robert!

Ich schreibe euch mit einem lachenden und einem weinenden Auge. Eure Berichte der letzten zwei Wochen haben mir viel Freude gemacht. Ein paar kleine Ausschnitte habe ich mir erlaubt im Lehrerzimmer vorzulesen, nichts Privates natürlich. Wir bedauern einhellig, dass ihr uns verlassen habt, und es ist keine Frage, dass ihr die guten Zeugnisse bekommt, die ihr verdient.

Eigentlich hatte ich vor, euch mit einem Blitzbesuch zu überraschen und sie persönlich zu überreichen. Aber dann kam gestern Abend Tillys Mail, in der sie euer Scheitern beklagt – eine Klage auf hohem Niveau, aber das wisst ihr selbst –, und ich konnte mich nicht länger bremsen. Ihr müsst wissen, dass ich in einem anderen Leben Journalistin war.

Und als Vorstandsmitglied des Dachverbands Lehrerinnen und Lehrer Schweiz kenne ich an jeder Schule mindestens eine Lehrperson. In Klosters ist es Annemarie, Geschichtslehrerin. Klosters wiederum ist ein Kaff, jeder kennt jeden, und als ich gestern Abend Annemarie euer Problem mit der Stiftung »Maria hilf« geschildert habe, musste sie nur schnell über die Straße, um die Sekretärin der Stiftung rauszuklingeln. Die zwei gehen zusammen ins Yoga.

Annemarie hat gesagt: »Brigitte, bei euch im Keller lagern bestimmt noch die halb vermoderten Akten aus den Fünfzigern, aus der Zeit, als ihr noch eine Anstalt für gefallene Mädchen wart. Das Zeug ist nicht mehr rechtlich geschützt. Lass mich doch kurz darin blättern, ob ich Stoff für den Unterricht finde.«

Brigitte: »Sind die Kinder, die heute angerufen haben, bei dir an der Schule?«

»Sozusagen.«

»Na schön, aber nichts einstecken.«

Das war so gegen acht. Um zehn schickt Annemarie mir das Foto einer Karteikarte.

Cristiana Albert, Eintritt 7. September 1957, Austritt 20. November 1957, überführt an die Versorgungsanstalt Realta in Cizers (Zwangsversorgung).
Besondere Vorkommnisse während des Aufenthalts: Geburt von Tochter Amalia am 11. November. Freigabe zur Adoption derselben am 18. November. In der Folge unablässig ausfallendes und gewalttätiges Benehmen von Frau Albert, Sachbeschädigung und Selbstverletzung, welche eine medikamentöse (Valium, Encephabol) und mechanische Ruhigstellung (Fesselung) nötig machten.
Nachtrag I: Intervention von Erna Albert, der Mutter von Frau Albert, am 29. November und Herausgabe der Adoptionsunterlagen zum Zweck, das Neugeborene in die Ursprungsfamilie zurückzuführen.
Nachtrag II: Einmalige Spende von Erna und Pankraz Albert an die Stiftung »Maria hilf« am 6. Dezember im Betrag von 2 Mio. Franken.

Starker Tobak! Nachdem ich »Versorgungsanstalt Realta« gegoogelt und herausgefunden hatte, dass die Nachfolgeorganisation die heutige psychiatrische Klinik Beverin in Cazis ist, habe ich meinen Ausflug zu euch verschoben und mir stattdessen eine Fahrkarte nach Cazis gekauft. Wobei ich mir kurz noch gedacht habe, dass euer Vater dort vielleicht bessere Karten hätte als eine dahergelaufene Deutsch- und Philolehrerin, aber dann ist mir eingefallen, wie meine eigene Psychotherapeutin über die Psychiater lästert. Ihr Standardsatz ist: »Die prügeln ihre Klientel mit der Chemiekeule, bis sie so klein ist, dass sie sie in eine Streichholzschachtel passt.«

Ich bin früh los und war kurz nach neun schon da. Bei der katholischen Kirche haben sich gerade die Gläubigen versammelt, die Kirche ist gleich neben dem Bahnhof, man muss nur über die Italienische Straße. Wir kommen darauf zurück. Etwas weiter, dorfauswärts den Bahngleisen entlang, liegt die Klinik.

Es ist ein prächtiger Morgen. Es wird gemäht, das frisch geschnittene Gras duftet, die Grillen zirpen. Kein schlechter Ort für eine Klinik, sage ich mir.

Dann stehe ich am Empfang und muss mir sagen lassen, dass mein Anliegen die Verwaltung angeht, die arbeitet erst am Montag wieder. Eigentlich logisch. Dummerweise hatte ich mir eingebildet, eine Klinik hat rund um die Uhr Betrieb, aber das stimmt natürlich nur bedingt. Da ich keine Ahnung habe, was ich nun tun soll, setze ich mich erst mal auf eine Bank in den Garten und packe mein Butterbrot aus wie werktags in der Schulpause, ihr kennt mich ja.

Bald setzt sich ein Mann mit Siebentagebart und durchgeschwitztem Wolljackett neben mich und fragt: »Stationär oder ambulant?«

»Weder noch.«

»Dann zu Besuch?«

»Nein, auf Recherche.«

Er rutscht gleich weg. »Polente oder so?«

»Nein, ich bin Lehrerin. Vor über sechzig Jahren ist hier mal eine junge Frau eingeliefert worden, jetzt wüsste die Familie gern, was aus ihr geworden ist.«

Er lacht sich krumm. »Nach sechzig Jahren fällt denen erst auf, dass sie nicht mehr da ist?«

»Sozusagen.«

»Im Keller liegt allerhand Kram. Komm mit, ich zeig's dir.«

»Muss ich mich nicht erst anmelden?«

»Doch, klar. Vorname?«

»Franziska.«

»Und wie nennt man dich?«

»Fränzi. Und Sie?«

»Napoleon.« Er wiehert über seinen eigenen Witz. Dann führt er mich um die Klinik herum und eine Außentreppe runter. Dort ist eine Tür ohne Klinke. Er zieht ein Blechlineal aus der Jacke, steckt es in den Spalt, tritt unten einmal kräftig gegen die Tür, und sie springt auf.

»Geschlossene Anstalt gibt's für mich nicht.«

Wir gehen noch mal eine Treppe tiefer. Der Keller ist voller Regale, in den Regalen stehen Kisten.

»Welches Jahr schon wieder?«

»Gekommen ist sie 1957, im November.«

»Das Zeug ist nach Austrittsdatum geordnet. Wo willst du anfangen?«

»1958.«

Er zieht eine Schachtel aus dem Regal und schleppt sie zu einem Tisch an der Wand. »Ich stehe so lange Schmiere. Wenn ich laut huste, verkrümle dich.«

»Wohin?«

»Keine Ahnung, mach dich einfach unsichtbar. Wenn sie dich erwischen, sagst du, ich hab dich hergelockt. Mit Bonbons.« Wieder lacht er so laut, dass es von den Betonwänden schallt wie ein übersteuerter Verstärker.

Als er weg ist, mache ich mich über die Akten her. Und muss leider nicht lange suchen. Schon unter *Februar* finde ich ein dünnes Mäppchen, auf dem mit dickem Filzstift *Cristiana Albert* geschrieben steht. Darunter hat jemand mit Kugelschreiber ein dünnes Kreuz gemalt. Deshalb mein weinendes Auge, siehe oben.

Ich schlage es auf, viel steht da nicht.

Eintritt: 20. November 1957 auf Anweisung des Erziehungsberechtigten Pankraz Albert, Samartin GR.

Diagnose: Schizophrenie. Wahnvorstellungen, Depression. Gewaltbereitschaft gegen sich und andere.
Behandlung: Elektroschocktherapie mit Curare.
Besondere Vorkommnisse: Fluchtversuch 13. Dezember. Suizidversuch 24. Dezember (Glasscherbe). Fluchtversuch 12. Januar. Flucht 2. Februar. Seither verschollen (mutmaßl. Exit).

»Exit« heißt Tod. Aber was heißt »mutmaßl. Exit«?

Ich mache ein paar Fotos, dann rufe ich Napoleon. Zack, steht er neben mir, er muss gleich um die Ecke gewartet haben.

»Schon fündig?«

»Leider. Was heißt ›mutmaßl. Exit‹?«

»SBB.«

Ich sehe ihn verständnislos an.

»Schweizerische Bundesbahnen«, deutscht er aus.

»Ja, weiß ich, aber was bedeutet es?«

»Wirft sich einer vor den Zug, kann man ihn danach nicht immer identifizieren. Dann schreiben sie: ›Mutmaßl. Exit‹. Der Zug war mal die beliebteste Art, sich hier vom Acker zu machen. Weil sich schwer beweisen lässt, dass es Selbstmord war und nicht ein Unfall. Das ist wichtig, damit die Familie von der Versicherung Geld bekommt. Inzwischen haben sie einen Zaun gebaut, und die SBB ist aus der Mode. Willst du wissen, was jetzt der Renner ist?«

»Ich wüsste lieber, ob es eine Chance gibt, dass Cristiana damals einfach nur geflohen ist.«

»Du meinst, ob sie noch lebt?« Napoleon überlegt. »Dann würde ich bei der Kirche vorbeigehen. Für nicht identifizierte Leichen gibt es ein Massengrab mit Buchführung. Haben sie einen Tag oder zwei nach ihrer Flucht jemanden versenkt, kannst du davon ausgehen, dass das dein Mädchen war. Allzu oft kam es nicht vor, dass eine Leiche so verstümmelt war. Kürzlich hatten wir einen, der hat sich angezündet …«

»Danke«, sage ich. »Bringen Sie mich wieder hoch?«

»Wenn es sein muss. Willst du nicht erst noch ein Bonbon?«

Ich gehe schon mal. Napoleon huscht hinter mir her und spielt Geist: »Hu, hu!«

Dann gehe ich wieder die Straße entlang. Napoleon ruft mir noch nach: »Ich bin nicht böse!« Und: »Komm wieder, Fränzi!«

In der Kirche ist keiner mehr, also klingle ich beim Pfarrhaus. Mein Besuch ist kurz. Ich sage der Haushälterin, worum es geht, gleich darauf kommt der Pfarrer mit einem Buch und schlägt das entsprechende Jahr auf. Ja, am 4. Februar 1958 gab es eine anonyme Bestattung.

Wie praktisch, dass in der Schweiz solche Ordnung herrscht.

»Kann man das Grab noch sehen?«, frage ich.

»Nein, der Friedhof wurde umgestaltet. Aber beten können Sie.«

»Ja, das weiß ich, danke.«

»Und spenden, für Grabschmuck. Hinter einer anonymen Bestattung steht meist ein trauriges Schicksal. Die Menschen haben niemanden, der sie vermisst. Keinen, der für sie betet oder ihnen Blumen aufs Grab legt.«

Ich krame fünfzig Franken aus der Tasche und

renne, um den Zug zurück nach Chur noch zu erwischen.

Nachher frage ich mich, wieso ich mich so beeilt habe. Ich wäre lieber noch geblieben. Oder doch weitergefahren zu euch. Jetzt bin ich schon wieder zu Hause in meiner Winzlingswohnung unterm Dach, es ist halb vier und brütend heiß. Ich müsste mich freuen, ich habe Ferien. Aber Cristiana will mir nicht aus dem Kopf.

Offen gestanden weiß ich doch, wieso ich so schnell wegwollte. Ich hatte gehofft, in meinem Schulaccount noch eine Mail von euch zu finden. News zu Gino Napoli vielleicht. Unsinnigerweise, denn ich weiß ja, dass erstens Sonntag ist, zweitens Ferienanfang und damit eure Hausaufgabe beendet. Aber ich vermisse euch.

Lebt wohl, ihr Lieben.

Eure Frau Fröhlicher – oder wenn ihr wollt, ab heute:

Eure Fränzi

15

Du, die nicht weint

Hallo, Frau Fröhlicher!

Es ist Sonntagabend, schon nach zehn. Eigentlich hätte Tilly Ihnen schreiben wollen, aber sie ist noch unterwegs, und ich dachte, ich will Sie nicht warten lassen.

Als Erstes besten Dank für die schöne Nachricht mit dem Zeugnis und für das Angebot zum Du, das uns freut und schmeichelt. Trotzdem bringen wir das nicht so einfach über die Lippen oder in die Finger. Vielleicht, wenn Sie uns eines Tages besuchen.

Auch großen Dank für Ihre Recherche. Da sieht man, was ein funktionierendes Beziehungsnetz wert ist. Aber boah, ist das traurig! Auch wenn es schon lange her ist und Tilly recht hat: Das Allerwichtigste ist und bleibt, dass Amalia weiß, dass sie ihrer Mama nicht egal war. Ein bisschen fürchten wir trotzdem, sie könnte es so verstehen, dass sie schuld an Cristianas Tod ist. Was auch nur halb falsch wäre, denn ohne Schwangerschaft wäre das alles nicht passiert. Sich gezeugt wiederum hat sie ja nicht selbst ... Jedenfalls haben wir beschlossen, Ihre Enthüllungen noch nicht weiterzugeben.

Gelegenheit dazu wäre gewesen, denn stellen Sie sich vor, Amalia hat uns besucht und war bis eben da. Jetzt ist Tilly noch schnell mit runter, damit Cora ihr das frisch geputzte Häuschen vorführen kann. Zeigst du mir deins, zeig ich dir meins.

Aber von vorn.

Tilly und ich sind heute früh raus und haben unsere ganze Grantigkeit und Sauertöpfigkeit in Putzwut transformiert. Mit tollem Erfolg: Nachmittags um vier war die Hütte wie frisch lackiert. Zugegeben, an manchen Orten haben wir geschlampt, die Fensterläden zum Beispiel habe ich nur von unten mit dem Hochdruckreiniger abgespritzt. Egal, das Resultat lässt sich sehen. Wir hätten noch mehr gemacht, aber da kommt plötzlich dieses Trüpplein den Berg hoch. Amalia wurde von Nino und Cora flankiert, trotzdem hätten wir sie fast nicht erkannt. Sie geht jetzt viel aufrechter und ohne Krücke, nur mit einem schlanken Gehstock. Sie hat ein Sommerkleid und einen Strohhut getragen, beides war wohl in den Siebzigern mal schick, darunter hat ihr offenes Haar im Wind geweht. Frisch gewaschen ist es perlweiß. Aber das Krasseste bleibt der Gang: Sie sieht nicht mehr aus wie ein geschlagener Hund, sondern wie eine selbstbewusste Frau.

Noch bevor sie oben waren, hatten wir Mama und Papa mobilisiert. Das was nicht schwer, Pankraz Alberts Enkeltochter kennenlernen wollten beide unbedingt. Wir haben Spalier gestanden und sogar ein bisschen applaudiert. Amalia hat mitgespielt und eine kleine Rede gehalten.

Die ging so:

»In den letzten zwei Tagen hat sich mein Leben völlig umgekrempelt. Unglaublich, was es ausmacht, wenn ein paar uralte Geschichten sich als Lügen entpuppen. Ich habe über sechzig Jahre lang geglaubt, dass die Welt ein Ort ist, an dem es nur Schmerz und Hass und eisernes Schweigen gibt. Jetzt weiß ich, dass nicht die Welt so ist, sondern die Köpfe mancher Menschen. Meinen eigenen Kopf habe ich daraufhin ausgelüftet, und ob ihr es glaubt oder nicht, jetzt ist es darin hell und klar. Deshalb braucht es auch gar nicht mehr so viel Mut, den Ort zu besuchen, an dem ich eine wirklich unschöne Kindheit erlebt habe. Darf ich eintreten?«

Wir haben sie durchs ganze Haus geführt. Fast immer hatte sie ein feines Lächeln auf den Lippen, aber manchmal ist sie auch zusammengezuckt. »Als Kind bin ich diese Treppe runtergefallen«, hat sie etwa erzählt. »Danach war die Hüfte gebrochen. Das hat sich aber erst herausgestellt, als ich schon erwachsen war. Man hätte das wohl schienen sollen, es ist ganz schief zusammengewachsen. Deshalb gehe ich auch am Stock. Ich bin fast sicher, dass er mich geschubst hatte. Aber er hat immer behauptet, ich sei über meine eigenen Füße gefallen, und das sei die Strafe, weil ich immer so schlurfe.«

»Wie bist du denn geschlurft?«, fragt Cora.

»Ach, überhaupt nicht. Wie Kinder halt so gehen. Aber in den Augen dieses Mannes war alles an mir falsch.«

Danach hat sie sich weiter umgesehen, und immer wieder hat sie gerufen: »Wie hell es jetzt hier ist! Und wie das glänzt und sauber riecht! Damals war alles muffig. Eigentlich ist es ein richtig schönes Haus.«

Papa und Mama haben Augen gemacht.

»Ja, wenn man es so ansieht«, hat Mama gesagt.

Und Papa: »Irgendwann sieht man nur noch, was alles kaputt ist.«

Worauf Tilly mit den Fingern winkt, als würde sie jemandem beim Rausparken helfen. »Und?«

»Und was?«, fragt Papa.

»Und?«

Mama: »Ja, und was?«

Tilly: »Es heißt: ›Danke, Robbie, danke, Tilly! Was ihr hier geleistet habt, ist echt toll.‹«

Ich hab mich vor Lachen nicht eingekriegt.

»Stimmt«, sagt Amalia. »Ihre Kinder sind toll.«

»Manchmal sehen sie es auch«, verrät Tilly. »Aber im Moment sind sie leider sehr in sich verstrickt.«

»Es ist dieses Haus«, verteidigt sich Mama. »Es macht uns unglücklich.«

Amalia hat wieder dieses haardünne Lächeln. »Das mag stimmen, vielleicht hängt einiges vom Unglück meiner Familie noch in den Ritzen. Aber Sie müssen auch sehen, dass Sie in nur zwei Wochen …«

Sie bricht ab, gibt Cora den Stock, legt die Hände aneinander und verbirgt Nase und Mund darin. Ein paar Tränen kullern über ihre Finger, dann hat sie sich wieder gefasst, nimmt den Stock und fährt fort: »Haben Sie bitte noch etwas Geduld. Es ist gar nicht anders möglich, als dass es Sie überwältigt. Immerhin hat es Sie nicht umgebracht. Das heißt, Sie sind stärker.«

»Stärker als was?«, fragt Cora.

Ich: »Als der Fluch?«

Sie nickt. »Ja, als der Fluch.«

»Das hören wir gern.«

Natürlich kann Mama das nicht so stehen lassen: »Ich bin völlig anderer Ansicht. Der ›Fluch‹, wie Sie es nennen, zerstört unsere Familie.«

Amalia bleibt freundlich. »Ich kann nur noch

mal sagen, dass es mir leidtäte, wenn Sie aufgeben. Vielleicht reicht es, dass Sie für ein paar Tage ins Hotel ziehen.«

»Wozu?«

»Zur Erholung. Ich glaube, Sie sind erschöpft.«

Mama schüttelt den Kopf. »Es ist ja nicht nur das Haus. Das ganze Dorf ist gegen uns. Der Elektriker, der Sanitärinstallateur, der Schreiner, der Maler. Nicht nur, dass sie hier nicht arbeiten wollen. Sie behandeln uns, als wären wir die Bösen.« Als sie das sagt, heult sie fast.

Tilly und ich sehen uns betroffen an, dann nimmt Tilly ihre Hand. Wir hatten immer gedacht, es ist nur Papa, der sie nervt.

Der sagt endlich auch was. »Abgesehen davon haben wir für die Handwerker gar nicht genug Geld. Das Haus ist in viel schlimmerem Zustand, als wir dachten.«

Worauf Cora heimlich Nino anstupst und ihm einen Blick zuwirft, den ich nicht deuten kann.

»Ja, oder deine Handwerkskünste sind magerer, als du dir eingebildet hast«, sagt Mama.

»Wie auch immer«, sagt Amalia in einem Ton,

als wäre sie die Hausherrin, »jetzt machen wir es uns erst mal draußen gemütlich.« Ungebeten geht sie voraus.

Auf dem Platz nimmt sie Nino das Einkaufsnetz ab, wir stellen den Tisch und die Klappstühle in die Sonne, und sie packt aus: aufgebackene Vanillestangen vom Zollkiosk und eine Flasche Himbeersirup. Nichts Großartiges, aber wir sind gerührt.

Papa bringt noch eine Flasche Eierlikör, die aus unerfindlichen Gründen den Umzug mitgemacht hat, denn die hat schon jahrelang niemand angerührt. Doch anderen Alkohol haben wir offenbar nicht im Haus (was dafür spricht, dass Mamas und Papas Verzweiflung soooo groß noch nicht ist), und Papa will unbedingt anstoßen. Auf Amalias Besuch, auf unsere neuen Freunde und – man höre und staune – darauf, dass Tilly und ich die Familie so würdig vertreten haben, als Mama und er, Achtung, O-Ton, »unsere Beziehung einer hochgradigen Feuerprobe unterworfen haben, aus der wir hoffentlich gestählt und geläutert hervortreten, wenn nicht hier und heute, dann eben später«.

Hä?

Mama hat auch nur den Kopf geschüttelt. Aber das Glas gehoben hat sie trotzdem.

So, und dann präsentiere ich, Robert Lobinger, eine Überraschung, die auch Ihnen Freude machen wird, Frau Fröhlicher. Heute Morgen habe ich in den Putzpausen nämlich immer mal ein paar Google-Treffer zu Gino Napoli und Cristiana durchgesehen und endlich was gefunden.

Anlässlich einer Revival-Tournee durch Deutschland gibt das frühere italienische Schlagersternchen Gianna Auguri, Siegerin des Concours Eurovision de la chanson 1965, der *Bunten* ein Interview.

Die Bunte: *Erzählen Sie uns, wie Sie zu Ihrem Namen gekommen sind? Auguri ist ja nicht Ihr echter Name.*

G. A.: *Nein, eigentlich heiße ich Rossi, aber damit konnte man in den Sechzigern keine Karriere machen. Sie müssen wissen, dass ich in einem Kinderheim aufgewachsen bin, der Casa Cristiana. Ich war ein Straßenkind, meine El-*

tern habe ich nie kennengelernt. Gino Napoli, der das Heim geführt hat, war selber ein begnadeter Sänger, und alles, was ich übers Singen weiß, habe ich von ihm. Jeden Abend hat er mit uns Kindern musiziert. Ich war allerdings eine der Schüchternsten – statt zu singen, habe ich nur stumm den Mund auf- und zugemacht. Irgendwann hat er mich in die Küche gerufen, wo er auch sein Büro hatte, weil er nämlich kein Kind abweisen konnte und alle Zimmer, auch sein eigentliches Büro, doppelt und dreifach belegt waren. Dort in der Küche hat er gesagt: »Gianna, sing doch mal mit mir Tu ca nun chiagne (Du, die nicht weint, Anm. d. Red.).*« Das ist ein Lied von Ernesto De Curtis. Und als wir fertig waren, hat er gesagt: »Siehst du, das dachte ich mir. Du hast eine Stimme, die viele Menschen berühren wird. Du musst nur vergessen, wo du herkommst, du musst aufhören zu weinen. Du hast keinen Grund zu weinen. Deine Stimme ist ein Geschenk, wie es nur wenige Menschen bekommen. Auguri, Gianna, Glückwunsch!« So kam ich zu dem Namen, und* Tu ca nun chiagne *war dann auch das Lied, mit dem ich berühmt geworden bin. Gino hätte übrigens selber leicht Karriere machen können, aber er hat sich lieber um andere gekümmert. Irgendwann musste die Casa Cristiana schließen, weil sein Geld alle war, danach hat er sich als Gesangslehrer durchgeschlagen. Das habe ich leider erst nach seinem Tod gehört, ich hätte ihm gern geholfen.*

Amalia hat aufmerksam zugehört. Jetzt nickt sie, als hätte sie das alles schon gewusst, dann sagt sie: »Ich war noch nie in Neapel. Ich war überhaupt nie weiter als bis Scuol. Ich glaube, ich habe nicht mal einen Pass. Lohnt es sich, dahin zu fahren?«

Worauf Papa anfängt, weitschweifend über seine zweitausend Reisen nach Neapel zu erzählen, und wir vier Kinder uns auf Französisch empfehlen.

Wir zeigen Cora und Nino die Bärenhöhle, Nino hat eine Zigarette dabei und lässt sie rumgehen. (Jetzt können Sie uns nicht mehr verpfeifen, oder?)

Bevor Tilly schlecht wird, sagt sie: »Eure Nona hat sich ja vielleicht gemacht! Ihr seid bestimmt total stolz auf sie.«

Cora rümpft schweigend die Nase, dann lacht sie.

Nino sagt: »Na ja, jetzt will sie, dass wir uns dauernd waschen. Und ich soll meine Hosen wegschmeißen, jetzt, wo sie endlich so schön speckig sind.«

Oh, und eben, liebe Frau Fröhlicher, kommt Tilly heim und übernimmt noch schnell.

Hallo, liebe Frau Fröhlicher, hier ist Tilly!

Ich weiß, es ist schon spät. Aber ich muss unbedingt noch erzählen, weil alles so Schlag auf Schlag geht und ich irgendwann nicht mehr nachkomme.

Als ich nämlich nach dem Kaffeekränzchen mit Cora, Nino und der Nona runter ins Dorf komme, ruft die Nachbarin aus dem Fenster: »Bei dir klingelt andauernd das Telefon, hoffentlich ist Nino nichts passiert.«

Nino senior, Coras und Ninos Bap, ist ja Bergführer.

Es war dann aber nur Demian, dem wir offenbar ein brutal schlechtes Gewissen gemacht haben. Als er wieder anruft, hört die Nona ein paar Minuten stumm zu, dann legt sie ratlos wieder auf und sagt: »Irgendwie spinnt der völlig. Wir kennen uns überhaupt nicht, und jetzt tut der so, als wären wir verwandt.«

Cora kichert. »Seid ihr doch auch.«

»Aber wir sind doch trotzdem Fremde. Er meint, man müsste sicher mal was an meinem Häuschen machen, das Dach streichen oder Zentralheizung einbauen, und ob er das nicht in Angriff nehmen soll. Jedenfalls will er einen vorbeischicken, der die Bausubstanz prüft. Es soll mich auch nichts kosten. Das sagt sich so leicht, etwas vorsetzen muss ich dem doch trotzdem. Wenn ich jetzt jeden Tag Vanillestangen esse, passe ich außerdem nicht mehr ins Kleid. Und ich hab nur das eine.«

Wir haben alle gekichert, und Nino hat vorgeschlagen: »Sag ihm doch, er soll dich lieber nach Neapel einladen. Oder uns alle.«

Danach haben wir noch eine ganze Weile rumgesponnen, was man Demian rausleiern könnte, deshalb bin ich jetzt erst zurück.

Nino hat mich noch hochbegleitet. Und wissen Sie was? Er wollte noch mal eine Zigarette mit mir rauchen, er fand das romantisch.

»Nino, was ist daran romantisch, wenn ich dir auf die Sandalen kotze?«, hab ich gefragt. »Sag was Schönes über unsere Galaxie, das ist romantisch. Oder sing mir was vor, du hast es ja wahrscheinlich auch drauf.«

Hat er aber nicht, das kann ich Ihnen versichern. Auf einer Skala von eins bis zehn kriegt er von mir eine freundliche Zwei.

Dann habe ich ihm noch geraten, sein Herz nicht zu früh zu verschenken, weil ich schwer davon ausgehe, dass die Lobingers hier nicht alt werden.

Er war ganz erschrocken: »Glaubst du, ihr sterbt?«

»Nein, das eher nicht. Aber dass wir zurück in die Stadt ziehen. Jetzt, wo wir die Chasa Albert aufgehübscht haben, lässt sie sich bestimmt leichter verkaufen.«

Worauf er nichts mehr sagt, sondern sich die

Zigarette wieder hinters Ohr geklemmt, kehrtmacht und wieder zum Dorf runterrennt.

Ich hab ihm noch nachgerufen, dass er die Hose um Himmels willen nicht wegwerfen soll, sondern sie in unserer Höhle verstecken. Aber das hat er wahrscheinlich nicht mehr gehört.

Nun ab die Post, damit Sie nicht ganz so mehr traurig sein müssen. Ein bisschen Trennungsschmerz soll ja sein.

Und Indianerehrenwort: Falls sich was Aufregendes tut, melden wir uns.

Ihre Tilly

16

Eins, zwei, drei – wir heben den Schatz

Und schon bin ich wieder da, liebe Frau Fröhlicher!

Jetzt wird es nämlich wirklich grandios. Hören Sie zu: Der Montag begann madig. Vielleicht hatte es damit zu tun, dass zum ersten Mal Schlechtwetter war. Und Schlechtwetter heißt in den Bergen sogar im Juli: Es wird kalt. Wir hätten gern geheizt. Aber da hat Papa beim Hauskauf schon gepennt, beim Umbau noch mehr. Jedenfalls war es nicht klug, dass er und Robbie all die Kohle-, Elektro- und Gasöfen in den Zimmern gleich lustvoll in die Tonne geschmissen haben. Weil nur die beiden Kachelöfen übrig geblieben sind. Beim ersten hat es durch alle Ritzen gequalmt, beim zweiten geht das Feuer nach einer halben Minute wieder aus. Robbie hat mal kurz recherchiert und festgestellt, dass der Einbau einer Zentralheizung bei einem Altbau unserer Größenordnung hunderttausend plus kostet. Zusätzlich zum neuen Stromnetz, den Dachreparaturen, Bädern, Duschen und einer Küche, die den Namen verdient. Im Klartext: Selbst wenn uns die Handwerker nicht meiden täten wie die Pest, hätten wir das Geld nicht, das Haus so weit aufzurüsten, dass Papas verwöhnte Kundschaft nicht beim ersten Workshop auf der Hacke kehrtmacht.

Das hat für neuen Krach am Frühstückstisch gesorgt. Papa hat sich theatralisch Asche aufs Haupt geschüttet (real, nicht sinnbildlich), Mama hat ihn in den Hintern getreten, Maja hat dazu gebrüllt wie am Spieß.

Robbie hat mir zugeraunt: »Ich geh dann schon mal packen.«

Da bin ich aber zu großer Form aufgelaufen. »Alles herhören!«, habe ich gerufen, zweimal, dreimal, dann war auch Maja still. »Wir machen jetzt auf Intimität. Deswegen sind wir nämlich hier, und bevor wir es nicht wenigstens versucht haben, gebe ich nicht auf. Ich sage euch jetzt, wie es mir geht, danach seid ihr an der Reihe.«

»Fair enough«, hat Robbie gesagt. Alle haben sich wieder an den Tisch gesetzt, Maja haben wir halb aufgetautes Hack zum Spielen gegeben.

»Ich bin einerseits richtig stolz auf Robbie und mich«, habe ich erklärt. »Amalia fängt dank uns schon fast ein neues Leben an. Frau Fröhlicher haben wir ein paar echt kultige Mails geschickt, und gute Zeugnisse fahren wir auch noch ein. Das allein wäre schon einen satten Applaus wert, denn ihr müsst zugeben, die familiären Verhältnisse waren in letzter Zeit nicht eben rosig.«

Papa applaudiert auch brav.

»Aber ich habe auch Angst«, mache ich weiter, »und zwar doppelt und dreifach. Als ihr zu uns gesagt habt: ›Kinder, verabschiedet euch von euren Freunden, wir fangen ein neues Leben an. Die Lobingers ziehen in die Wildnis, und wir brauchen dabei eure absolute Solidarität‹, da waren wir echt tapfer. Wir haben vielem Tschüss gesagt, an dem wir hängen. Wir haben nicht gejammert. Und wir waren sogar stolz auf euch. Jetzt, nach zwei Wochen Samartin, muss ich sagen: Die Wilden, das seid ihr. Mama und Papa nennen wir euch zwar noch, aber ihr benehmt euch nicht so. Robbie und ich ziehen Tag für Tag den Karren aus dem Dreck. Und dabei werden wir nicht lockerlassen, was, Robbie?«

»Ich habe keinen Schimmer, welchen Karren und welchen Dreck du meinst, aber ich bin dabei.«

»Danke. Das Haus ist mir eigentlich egal. Aber wenn ihr euch trennt, gehe ich auf die Barrikaden. Denn verflixt noch mal, es geht nicht nur um euch zwei. Wir sind fünf, und für diese fünf tragt ihr die Verantwortung.« Alle warten gespannt, was ich noch zu bieten habe, aber ich bin fertig. Nachdem ich mir eine nervige Träne aus dem Auge gewischt habe, erkläre ich: »So, jetzt ist Robbie dran.«

»Was gibt's da noch zu sagen? Ich finde auch, wir waren super. Ich habe eine megacoole Schwester. Nein, zwei.« Maja hat sich inzwischen das Hack in den Body gestopft und sieht aus wie ein Serienmörder. »Aber ganz ehrlich, von euch zweien, Mama und Papa, hatte ich mir mehr erwartet. Ein Stück weit ist meine Enttäuschung sicher normal und nennt sich Abnabelung. Aber wir hatten auch einen Deal: Tilly darf reiten lernen, ich kriege wahlweise ein Atelier oder fahre

Wildwasserkajak. Weil diese Bruchbude sowieso eine einzige Werkstatt ist, nehme ich den Kajak. Das Kajak. Muss ich nachher googeln. Jedenfalls wollte ich vorhin schon packen gehen, aber inzwischen habe ich es mir anders überlegt. Ich nehme euch in die Pflicht. Wenn wir nicht mindestens bis Ende Sommer bleiben und unsere Belohnung kassieren, gehe ich vors Familiengericht.«

»Gibt es das denn hier?«, frage ich.

»Keine Ahnung. Bevor ich nachsehe, will ich aber Mama und Papa hören.«

Mama zeigt immer noch Kampfpose, Papa sitzt da wie ein geschlagener Hund und fummelt an seinen Nagelhäutchen.

»Soll ich?«, fragt er ganz leise, und ohne eine Antwort abzuwarten, fängt er an. »Ich höre euch zu und denke, habe ich nicht die verdammt tollsten Kinder? Womit habe ich die verdient? Die harte Antwort ist: Ich habe euch nicht verdient. Genauso wenig, wie ich Isabelle als Frau verdient habe. Jeden Tag frage ich mich: Wann seht ihr endlich, wie mittelmäßig ich bin? Ihr, Kinder, macht euren Weg, darum muss ich mich nicht sorgen, in ein paar Jahren seid ihr weg und erobert die Welt. Eurer Mama dagegen stehle ich die besten Jahre. Dafür schäme ich mich wirklich sehr. Sie sollte schreiben. Und sie verdient einen tollen Mann in ihrem Alter. Zwölf Jahre Unterschied? Ich habe mir lange eingeredet, mit zunehmendem Alter gleicht sich das aus. Das Gegenteil ist der Fall. Ich baue ab, sie wird stärker. Ich sehe ihr dabei zu und habe nicht den Mut, sie freizugeben. Weil ich dich verdammt zu sehr liebe. Ich will, dass du schreibst, und habe Angst vor deinem Erfolg. Ich will, dass du fliegst, und habe Angst, dass du nicht zurückkommst. Okay, das Letzte war jetzt einen Zacken zu kitschig. Aber so fühle ich mich. Patt nennt man das, ein verdammtes, verdammtes Patt: Ich wage nicht, dir meine Liebe zu zeigen, um dich nicht an mich zu binden, gleichzeitig sterbe ich vor Angst, dass du mich verlässt.« Und endlich lässt er das Gefummel an den Nägeln. Er faltet die Hände und sieht mit zusammengepressten Lippen erst Robbie an, dann mich und zuletzt Mama.

Ich muss sagen, es fällt mir schwer, nicht aufzuspringen und ihn zu umarmen. Aber erst ist Mama dran. Die nimmt zuerst mal in aller Seelenruhe Maja hoch, klaubt ihr das Hack aus allen Öffnungen und nimmt sie an die Brust.

Dann sieht sie Papa an und sagt liebevoll: »Du Idiot, weißt du, wie froh ich bin um etwas Mittelmäßigkeit an meiner Seite? Du warst mir von Anfang an, immer und in allem, zwei Schritte voraus. Ich habe das gehasst. Du schreibst die tollen Bücher – denn auch die ersten vier sind richtig gut –, du hast die guten Ideen, was unser Zusammenleben angeht. Die Kinder wären halb so großartig, wärst du nicht ihr Vater. Und ich hätte nicht meinen Weg gemacht ohne dich an meiner Seite, ohne deinen Widerstand, deinen Spott, aber auch dein aufmerksames Zuhören und deine schonungslos ehrlichen Kommentare. Deine Verletzlichkeit macht dich noch schöner, und ich schäme mich sehr, dass ich sie nicht gesehen habe. Ich will keinen anderen Mann als dich. Und wenn du alt und wackelig bist, werde ich daran denken, wie jung und wackelig ich zu Beginn unserer Beziehung war. Dann sind wir endlich quitt.«

Sie lächelt ihn an, wie nur Mama lächeln kann, und die große Versöhnung steht im Raum, aber da lässt Maja Mamas Brust los und macht: »Quak.«

»Klar«, sagt Papa, »dich wollen wir auch noch hören.«

Gleich streckt sie die Arme nach ihm aus. Er nimmt sie rüber und drückt sie.

»So hat jedes der Kinder an dir gehangen«, sagt Mama. Sofort dreht Maja sich zu ihr um, zappelt und will zu ihr. Mama nimmt sie lachend, aber gleich will Maja wieder zurück zu Papa. So geht das hin und her.

Robbie räuspert sich und sagt: »Ich hoffe, damit ist die Trennung endgültig vom Tisch. Ich geh jetzt mal mit Tilly ums Haus, es regnet gerade nicht. Maja nehmen wir mit.«

Und als wir draußen sind, sagt er: »Mensch, Tilly, die Idee mit der Intimität war ein Knaller. Wie bist du denn darauf gekommen? Obwohl ich es noch nicht ganz begreife. Intimität ist, wenn man sagt, was man haben will, oder?«

»Nein, wie man sich fühlt, du spillrige Bohnenstange! Übrigens will ich nicht, dass du Wildwasserkajak fährst, das ist zu gefährlich. Ich brauche dich noch ein paar Jahre.«

»Fair enough. Ich habe mir auch schon gedacht, eine Bandsäge und ein Schweißgerät wären cooler.«

Während ich noch überlege, wie ich ihm das ausrede, fährt ein dicker Geländewagen vor, und ein knallbraun gebrannter durchtrainierter Mann in Funktionskleidung steigt aus.

»Wenn das mal nicht Nino senior ist«, sagt Robbie.

Er ist es, und er will zu Papa. Wir rufen ihn, Mama kommt mit: verwuschelte Frisur, verschmierter Lippenstift, die Sache mit der Intimität scheint zu greifen.

Nino senior stellt sich vor und erklärt: »Cora hat gesagt, ich soll vorbeischauen, und ich wollte das machen, solange es regnet. Danach muss ich wieder auf Bergtour. Wieso ich hier bin: Meine Kundschaft sind Touristen, und zwar die betuchteren, sie mieten sich ins Badrutt's Palace oder ins Kempinski ein. Früher sind sie ins Engadin gekommen, um einen Bären zu schießen, jetzt besteigen sie den Piz Palü und jagen Souvenirs. Unikate natürlich. Das kann Kunst sein – Giacometti, Carigiet, Mili Weber, je nach Geschmack – oder ein altes Möbel. Da kommt ihr ins Spiel. Als Demian noch der Besitzer der Chasa Albert war, habe ich manchmal für ihn in Haus und Stall nach dem Rechten gesehen, deshalb kenne ich mich aus. Ihr seid im Besitz von ein paar ganz schönen Trouvaillen, einem regelrechten Schatz. Und Cora sagt, ihr braucht Geld. Stimmt das?«

Mama: »Nun ja.«

Papa: »Dann könntest du ein richtiges Buch schreiben, nicht diese Schmonzette. Aber wir kennen die Möbel ja auch, und ich kann mir echt nicht vorstellen, dass da irgendwas dabei ist, das mehr als ein paar Hundert Franken bringt.«

»Ich rede nicht von den Möbeln im Haus«, stellt Nino klar und führt uns in den Viehstall. Dort, im längsten, tiefsten, dunkelsten Kellergewölbe, stapelt sich Brennholz, Altholz und anderer Kram fast bis zur Decke. Nino senior geht zur Nische und holt mit sicherem Griff die Stablampe, drückt sie Robbie in die Hand und steckt das Kabel ein. »Hochhalten, ganz hoch.« Danach klettert er über den Stapel, räumt einiges weg und zerrt endlich ein Teil hervor, das nicht mal aussieht wie ein Möbel, es ist einfach nur eine halbwegs runde Scheibe Holz, reichlich demoliert, in die drei ungeschälte Prügel gesteckt sind.

»Das hier zum Beispiel ist ein Tisch aus dem sechzehnten Jahrhundert oder älter. Jedenfalls älter als das Haus.«

Wir können nur lachen.

»Ihr müsst wissen, die Häuser im Unterengadin wurden alle zweimal plattgemacht, im Schwabenkrieg 1499 und dann noch mal 1622, im Dreißigjährigen Krieg. ›Plattgemacht‹ bedeutet in der Regel abgebrannt. Dass dieser Tisch alt ist, sieht man. Dass er schon hier unten gelegen hat, als es oben gebrannt hat, lässt sich zumindest vermuten, denn anders als die anderen Möbel hier hat er keinerlei Brandstellen. Dazu kommt der ausgeprägt skulpturale Charakter. Ich sage euch, um dieses Ding werden sie sich reißen.«

»Und was ist das ›Ding‹ wert?«, fragt Mama. »Wohl kaum so viel wie ein Buch.«

»Mit Büchern kenne ich mich nicht aus, ich lese nur den Wetterbericht. Aber ein ganz ähnlicher Tisch ist in St. Moritz bei einer Auktion letztes Jahr für dreiundfünfzigtausend weggegangen.«

Wir fallen fast rückwärts um. Der Schatz, von dem Cora gesprochen hat!

»Vielleicht war es Glück. Aber dahinten liegt noch mehr, Schänke, Sitzbänke, Stühle. Das meiste sollte man erst restaurieren. Deshalb würde ich mit dem hier anfangen und mit dem Geld – ein Teil davon reicht schon – alles andere in Schuss bringen lassen. Da kenne ich einen guten Mann. So habt ihr bis Ende Sommer hunderttausend auf der Seite, eher hundertfünfzig.«

Während ich mit Maja ein Tänzchen mache und Robbie »Zaster! Zaster!« singt, verhält sich Papa distanzierter.

»Ist ja schön und gut«, sagt er. »Und ich kann mir auch vorstellen, dass wir uns von ein paar Stücken trennen, aber …«

»Was ›aber‹, spinnst du?«, faucht Mama.

»Ich will nur sagen, dass es sowieso nicht reicht. Die Heizung allein kostet so viel. Wir sind damit nicht aus dem Schneider. Und die Möbel gehören doch zur Geschichte des Hauses.«

Tänzchen abgebrochen.

»Verstehe«, sagt Nino senior. »Ihr könnt mir den Tisch auch mal ganz unverbindlich mitgeben.«

»Vielleicht morgen«, sagt Papa. »Erst müssen wir ihm zuhören. Und uns von ihm verabschieden.« Er will ihn ins Haus tragen, schafft das mit der lädierten Rippe aber nicht, Robbie und ich übernehmen.

Inzwischen fährt Nino senior mit leerem Geländewagen wieder ab, und weil schon Mittag ist, bäckt die Familie Lobinger Pizza auf und hält Kriegsrat. Vor allem wird gerechnet. Wie viel Geld brauchen wir, damit die ersten Gäste kommen können? Wie viel, um das Haus winterfest zu machen? Was bringt ein Workshop ein? Was kostet der Betrieb?

Wir haben uns gerade mit zwei Familienpackungen Vanillekrem darüber hinweggetröstet, dass uns nichts wirklich Konstruktives einfällt, als es an der Haustür scheppert. Wir haben so eine alte Zugklingel. Draußen steht der Sanitärinstallateur, Jon. Irgendwie duzen sich hier immer gleich alle, oder siezen sie sich, aber mit Vornamen? Wir haben das Prinzip noch nicht ganz raus.

Jedenfalls sagt Jon: »Ich nehme an, ihr braucht neue Bäder. Ich kann euch da eine Offerte machen.«

»Ich denke, das Haus ist verbotene Zone«, sagt Mama spitz.

Jon wackelt mit dem Kopf, dazu grinst er verlegen. »Alte Zöpfe. Die Verwandlung von Duonna Amalia jedenfalls ist beste Werbung für euch, die ist ja wie ein umgedrehter Handschuh! Und meine Leute und ich haben gerade freie Kapazität.«

»Aber wir leider kein freies Geld«, sagt Papa.

»Auch deswegen bin ich hier. Ich bin nebenbei Mitglied der Baukommission, da kriegt man so allerlei zu hören. Ihr wisst ja sicher, dass zur Chasa Albert ein schönes Stück Bauland gehört.«

Mama: »Ach?«

Papa: »Ja, hinterm Haus.«

Ich: »Wo die Pferde weiden.«

Robbie: »Wo die Bärenhöhle liegt.«

»Die was?«, fragt Jon.

Robbie: »Egal.«

»Aber wie Sie hören«, sagt Papa, »sind wir nicht scharf darauf, dass diese wunderbare Wiese verbaut wird.«

Mama: »Die Pferdewiese? Nein, um Himmels willen!«

»Da sind wir ganz einer Meinung«, erklärt Jon. »Anders sieht es mit dem Landstück hinter der Sägerei unten am Fluss aus.«

»Wieso, gehört uns das auch?«, fragt Robbie.

»Nein, das gehört Andri, der die Sägerei führt. Er will dort sein Haus für sich und seine Familie bauen, aber es liegt in der Agrarzone, und ein Gesetz verbietet, dass neues Bauland geschaffen wird.«

»Ja, und?«

»Geschaffen werden darf nichts, aber abgetauscht. Wenn ihr einwilligt, dass eure Pferdewiese wieder Agrarland wird und dafür Andris Land aufgewertet, schützt ihr erstens die Wiese, zweitens bekommt ihr von Andri Geld. Den Betrag für Bauland minus den Betrag für Agrarland.«

»Wie viel ist das?«, frage ich.

Jon rechnet. »Gehen wir mal von tausend Quadratmetern … hundertfünfzig, nein, sagen wir hundertachtzig … drei … hundertsiebenund…« Er räuspert sich. »Vorsichtig gerechnet hundertfünfzigtausend.«

Wir sehen uns an.

»Damit hätten wir alles beisammen«, stellt Mama fest.

Papa fragt: »Wie schnell kann das gehen?«

»Von heut auf morgen. Ich kann mir vorstellen, dass Andri noch im Sommer den Rohbau fertigstellen will.«

Wir können es alle noch nicht so recht fassen.

»Dann sind wir nicht mehr die Bösen?«, vergewissert Mama sich.

»Das wart ihr nie. Wir brauchen hier nur manchmal etwas länger. Aber das hat auch sein Gutes.«

Robbie und ich strahlen schon mal, während Mama zu Papa sagt: »Freu dich nicht zu früh, Claus, die Schmonzette schreibe ich trotzdem.«

Das war gestern. Robbie und ich sind danach zu Cora und Nino gerannt und haben brühwarm erzählt, dass wir bleiben. Heute haben sich die anderen Handwerker die Klinke in die Hand gegeben, der Elektriker, der Maler, der Schreiner, der Dachdecker … Nur um zu planen, es braucht ein Baugesuch. Aber mit dem Nötigsten fangen sie morgen schon an.

Auch Andri von der Sägerei war da, per Handschlag ist der Deal bereits besiegelt.

Und Mama hat fast den ganzen Tag getippt. Nicht mehr so, als wollte sie aus den Papierbögen Konfetti machen, sondern fein und konzentriert. Wie wenn im Frühling unter der letzten dünnen knackenden Eisdecke ein schmales Bergbächlein talwärts rauscht. (Komm.: »Bravo Tilly, schönes Bild.«)

Als sie dann endlich runterkommt, lächelt sie selig und erklärt: »Wisst ihr was? Ich schreibe doch mein eigenes Buch. Jetzt können wir es uns ja leisten.«

Hach, ist das Leben nicht schön, Frau Fröhlicher?

Und versprochen, falls Sie auch ein Buch schreiben wollen oder Papa helfen, Intimität zu üben, oder mit uns in der Bärenhöhle das nächste Abenteuer aushecken, dann machen wir für Sie ganz schnell ein Zimmer parat.

Ihre Tilly